Dieter Gerhard

Santa Claus
männlich, ledig, leicht adipös,
sucht ...

**Eine weihnachtliche Geschichte
von Mr. Unscheinbar
und Mrs. Unwiderstehlich**

Foto Umschlagseite: Gerhard Voss
"Weihnachtsmann und küssende Szenerie"

Bibliografische Information der Deutschen Nationalbibliothek:

Die Deutsche Nationalbibliothek verzeichnet diese Publikation in der Deutschen Nationalbibliografie; detaillierte bibliografische Daten sind im Internet über http://dnb.dnb.de abrufbar.

© 2016 Name des Autors/Rechteinhabers:

Dieter Gerhard

Illustration: Dieter Gerhard

Herstellung und Verlag: BoD – Books on Demand, Norderstedt

ISBN 978-3-7412-4216-8

Inhaltsverzeichnis:

SANTA CLAUS
männlich, ledig, leicht adipös sucht ...

1. Weihnacht ist längst vorbei, für die Einen: endlich, für die anderen: tschüss bis nächstes Jahr **7**

2. Entweder man möchte ein frisch produziertes Baby oder lieber die stubenreine Version **22**

3. Ein Parallel-Dating ist, sich mit mehreren Interessentinnen zu treffen **40**

4. Man muss schon Hellseher sein, um die Flirtsignale mancher Frauen zu verstehen **52**

5. Zeitweilig kommt man sich wie eine Waschmaschine vor, die nach der Garantiezeit zu Bruch geht **64**

6. Es war ein Date, wie, als wenn man unterm Teppich Fahrrad fahren würde **75**

7. Viele Wege führen nach Rom, doch einer nur zu Santa **91**

8. Das Schicksal eines Findelkindes namens Eva **105**

9. In Christmas-Village sind die Möglichkeiten auszugehen arg begrenzt in freier Natur jedoch unerschöpflich **120**

10. Ein richtiges Date live und in Farbe **131**

11. Santa und die geheime Multifunktions-Eventlocation **141**

12. Er beabsichtigte eine Gefangennahme im beiderseitigem Einvernehmen **151**

13. Das vierzig-Wochen-Update begann **166**

14. Auch wenn man verheiratet ist, gibt es Tage wo man allein ist, so wie heute **183**

15. Babys sind wie Erwachsene, nur Kleiner und hilfloser **195**

1. Weihnacht ist längst vorbei, für die einen: endlich, für die anderen: tschüss bis nächstes Jahr

Das Weihnachtsfest ist längst vorbei. Für manche war es nicht ganz ruhig, nicht immer besinnlich, dafür aber anders, anders als im letzten Jahr und anders auch als im Jahr davor.

Wie jedes Jahr wurden die in teuren, bunten Seidenpapier eingewickelten Geschenke gewaltsam aufgerissen, und kaum kamen die Spielsachen zum Vorschein, fingen die ersten Kinder an zu quengeln. Eine Gegebenheit, die die weihnachtliche Stimmung besonders begünstigte.

Die kulinarische exzessive Schlemmerei des Festtagsbratens ist bereits seit Tagen vergessen, bereits mehrmals verdaut worden und der Gieper nach fetter, süßer, üppiger Nahrung entfiel.

Zwischenzeitlich sind auch die Geschenke längst in Vergessenheit geraten, das Geschenkpapier wurde schon vor langer Zeit in der blauen Tonne entsorgt, die Kekse aufgegessen und der ausgediente Tannenbaum wurde von "Knut" unvorhergesehen durch das häusliche Wohnzimmerfenster entsorgt.

Für manche ist der Zeiger der Personenwaage gefährlich in die Höhe geschnellt, was bedeutet, dass den Fettpölsterchen der Kampf angesagt werden muss. Der einst mit leckeren Sachen gefüllte Kühlschrank verbirgt dann nur noch Joghurt, Obstsäfte, Kompott und Gemüse.

Und auch auf die noch vorhandenen bunten Teller, gefüllt mit leckeren Plätzchen, Nüssen, Lebkuchen, Marzipankartoffeln, Dominosteinen, Spekulatius und Schokoladen, verzichtet man und lässt sie lieber vor sich hin trocknen.

Selbst die Schulferien der Kinder sind seit Langem vorbei und der gewöhnliche Trott hat seine Arbeit aufgenommen. Der Alltag ist eingekehrt, das tägliche Einerlei, der Treue Begleiter des Mittelstandes.

Aber auch die Industrie ist wieder munter geworden und genau wie hier in dieser Fabrik geht der Trubel erst richtig wieder los. Die Bestände müssen aufgefüllt werden, neue Idee werden kreiert und verwirklicht. Es ist eine Produktionsstätte, die eine große Anzahl unterschiedlicher Arbeitsvorgänge vereinigt und die mit wesentlicher Hilfe von Maschinen, Mitarbeitern und einer Betriebsführung Erzeugnisse herstellt.

Hierbei handelt es sich um eine Spielwarenfabrik, dessen umfangreiches

Sortiment die Kinder auf ihren Entdeckungsreisen begleitet, die ergonomische, altersgerechte Spielsachen für jeden Einsatz herstellt, die sich in ihrer Stärke, Robustheit und Widerstandsfähigkeit widerspiegelt.

Die Herstellung von Spielsachen boomt. Jedes Spielzeug ist geeignet für ein bestimmtes Alter und für glänzende Kinderaugen werden immer wieder gerne neue Produkte entwickelt.

Nur Mitarbeiter mit flinken Fingern, froher Natur, wachem Verstand haben die Voraussetzung eine solche Tätigkeit auszuüben, die dann noch durch besonders gewandte Spezialisten geschult wurden. Für viele ist es der Traumjob schlechthin, in einer solchen Fabrik arbeiten zu dürfen. Es ist die Erinnerung an die zuerst meist gehasste Kindheit, später aber die Zeit, die man sich sehnlichst zurückwünscht.

Erinnerungen an das treue Transistorradio auf den Schultern zum Mädchen imponieren wurden in einem wach, an die erste Zigarette, die man rauchte, weil es cool war und weil jeder in der Clique rauchte sowie an die kleinen Lichtpunkte, die eine Discokugel mit ihren kleinen Spiegeln erzeugte und an die Schneemänner, die wir als Kinder bauten. Wir nahmen Steine, um ihnen mit Augen, Mund und eine Knopfleiste auszustatten. Als Nase diente eine Mohrrübe, als Kopfbedeckung der alte Kochtopf von Mama, um den Hals einen Schal von Oma und im Arm hielt er den Reisigbesen von Opa Willi. Wir hatten den schönsten Schneemann, den man sich vorstellen konnte. Ja, Erinnerungen im Alter sind wie Träume in der Jugend.

Ich befinde mich immer noch auf dem Gelände einer Spielzeugwarenfabrik. Es ist ein riesiges natürliches Gelände, mit ruhigen Ecken, in einer reizvollen Gegend, die den Fokus auf Ruhe und Entspannung legt, aber auch ganze Entertainment Areale bietet. Hier befinden sich auch die Wohnungsunterkünfte der Mitarbeiter und Mitarbeiterinnen.

Das hat natürlich den Vorteil, dass die Mitarbeiter in einem Stand-by-Modus leben und dass, wenn Not am Mann ist, sie abends und auch am Wochenende greifbar sind. So kann es auch schon mal vorkommen, dass ein Team nachts durcharbeitet.

Selbst der Chef über alles, der Geschäftsführer, der Magnat, der Leiter dieses wirtschaftlichen selbstständigen Unternehmens und Oberhaupt des christlichen Schenkens, hat sein Zuhause auf dem Terrain dieser stadtähnlichen Produktionsstätte. Er nimmt gern mal seine Arbeit mit nach Hause, wo er sich ein Büro eingerichtet hat und immer wieder abends einige seiner Handhabungen erledigt.

Endlose Freizeitangebote sollen den Mitarbeitern als Entschädigung dienen, wie das Snowboarden, das Fahren mit einem Brett auf Schnee oder das Freestyle-Skiing, das Springen über Buckelpisten. Auch das Skibergsteigen, das Besteigen von Bergen mit Ski und der anschließenden Talfahrt wird angeboten, sowie das Eisstockschießen, ähnlich dem Curling, wo man mit einem wasserkesselähnlichen Gerät versucht so nah wie möglich an den Mittelpunkt eines Zielkreises zu gelangen. Nicht zu vergessen das Eisklettern mit Steigeisen, Eistauchen unter einer zentimeterdicken Eisdecke, Eissegeln auf Kufen, Wettrennen mit Motorschlitten, Schneemobilsafari und vieles mehr.

Und das sogar alles während der Arbeitszeit, denn die Arbeit, die man hat, kann man sich einteilen, wie man will, nur muss sie am Ende des Tages erledigt sein.

Auch für das leibliche Wohl ist vorgesorgt. Eine Kantine mit einer echten Gourmet-Küche. Einem Souschef, der die Verantwortung nach dem Chef der Cuisine trägt, einem Saucier der nur Soßen macht, einem Pâtissier, der für Süßspeisen zuständig ist, einen Potager für Suppen, einen Rôtisseur für Gebratenes, einen

Poissonnier für Fisch, sowie diverse Commis als Köche, sorgen rund um die Uhr für die Zufriedenheit der Mitarbeiter.

Das Betriebsklima ist vorbildlich, die Arbeitsplätze modern und schön und jeder ist um das Wohlergehen des anderen bemüht. Arbeitsintern und außerbetrieblich wird viel gesungen und gelacht, was sich wie eine Lockerungsübung für das Gehirn auswirkt. Man verhält sich nett und vorbildlich seinen Kollegen gegenüber. Ein positives Betriebsklima ist für jedes Unternehmen sehr wünschenswert, da dadurch die Arbeitsmotivation der Mitarbeiter gesteigert wird.

Gerade zu Weihnachten läuft die Produktion von Spielsachen auf Hochtouren. Da werden viele kreative Ideen umgesetzt und Neuheiten vorgestellt. Selbst für Lebkuchen, Spekulatius, Dominosteine und Co. läuft die Produktion bereits im Juli an, wenn normale Freibad-Temperaturen herrschen. Bei Printen sogar noch früher, nämlich im Mai. Im September füllen dann die Supermärkte ihre Regale mit weihnachtlichen Süßigkeiten und auch der erste Schokoweihnachtsmann geht bereits im Herbst über die Ladentheke. Anfang Dezember, wenn sich die Kinder über die Leckereien in ihren Nikolausstiefel hermachen, ist die Weihnachtsproduktion meistens schon wieder beendet.

Die Weihnachtstage sind aber nun schon lange vorbei und für die einen hieß es: endlich alles vorbei, für die anderen: tschüss bis nächstes Jahr. Langsam werden die Nächte wieder kürzer und die Vorbereitung auf das nächste Fest setzt sich langsam wieder voll in Bewegung.

Ein Rundgang durch die Fabrikationsstätten dieser Werksanlage ist normalerweise immer wieder eine Entdeckungsreise mit laufend ergänzten Neuheiten und Ideen. Hier geht es nicht ohne abgefahrene Techniken. Auf zahllosen hochmodernen vollautomatischen Bereitstellungssystemen wurden zig Spielsachen gelagert, doch nun sind sie fast leer.

Der Weihnachtsbaum der Belegschaft steht noch mitten in der Halle. Er hat den weihnachtlichen Anschein verloren und wurde bereits auf die fünfte Jahreszeit eingestimmt. Staunend stand nun der Mann davor, der jedes Tun und Sagen in dieser Fabrikationsstätte bestimmt.

»Oh …, was für ein ungewöhnlicher Schmuck für eine Douglasie«, murmelte der Mann sich in seinen Bart.

Vor ihm stand ein Baum, der mit Luftschlangen geschmückt war. Man hatte die dünnen Papierstreifen durch Pusten durch den Ring zu einer schlangenförmigen Bewegung gebracht, welche sich dann effektvoll entrollt hatten und auf den Zweigen der Tanne landeten. Oben auf der Spitze eine Narrenkappe, eine Narrenkappe mit Kronenzacken und mittig auf dem Scheitel ein angebrachter Hahnenkamm.

Auf den Spitzen der Zweige hingen Halsbandschlüsselanhänger und Trillerpfeifen sowie reichlich Konfettikanonen, die so groß wie zylindrische Kanonenschläge waren. Sie hatten an einer Seite eine Reißleine, die besagt, nur einmal leicht ziehen und ein Schwall von bunten Papierschnipseln würde durch die Luft fliegen.

Der Mann schaute sich vorsichtig um. Keiner hatte ihn bisher bemerkt. Alle Mitarbeiter ringsherum schienen in ihrer Arbeit vertieft zu sein. Hier unten sind überwiegend männliche Mitarbeiter am Werkeln, da sie ansprechender und vielfältiger für eine körperliche Arbeit prädestiniert sind.

In den oberen Bereichen sich die Kolleginnen, die eine entsprechende ihrer körperlichen Konstitution gestellten Aufgabe verrichten, wie zum Beispiel das Arbeiten in der Nähstube, das Zusammensetzen von Stofftieren, das Batiken von Textilien teils mit Hilfe von Kartoffelstempeln und so weiter, und so weiter.

Es sind alles durchaus tüchtige Mitarbeiter, äußerst hilfsbereit und begabt. Meistens ist es nicht leicht sie zu bemerken, da sie sich sehr leise bewegen, eigentlich mehr tippeln, etwa wie in einer schnellen Bewegung bei sehr geringer Geschwindigkeit.

Hinzu kommt noch, dass sie nicht besonders groß sind, nicht größer als das Stockmaß eines Ponys, dafür aber stämmig gebaut. Und da sie es verstehen, unbemerkt zu kommen und zu gehen, passiert es schon mal, dass man sie nur durch das Vorbeihuschen im Augenwinkel bemerkt. Draußen im Schnee ist ihre Anwesenheit im Allgemeinen nur an den kleinen Fußspuren im Schnee zu sehen. Viele bezeichnen sie als Elfen oder Wichtel. Doch in Wirklichkeit und das weißt doch jeder auf der Welt, sind sie die Gehilfen von Santa Claus, dem Weihnachtsmann.

Der Mann bewunderte immer noch den Tannenbaum und ganz besonders haben ihn die Konfettikanonen angetan. Am liebsten würde er mal an so einer Reißleine ziehen, um die funktionale Beschaffenheit einer solchen Kanone zu testen.

»Guten Morgen Santa«, sprach plötzlich eine Stimme hinter ihm und das ausgerechnet in dem Augenblick, wo der Mann – der nun wirklich auch noch Santa hieß - die kleine Reißleine zwischen den Daumen und dem Zeigefinger hielt. Er erschrak, zuckte zugleich zusammen und zog reflexartig, ohne Absicht und ohne es zu wollen, unabsichtlich, unbewusst, versehentlich, wider willig an der Schnur.

Da stand er nun, mitten im herauskatapultierten Konfettiregen, der sich flatternd und tänzelnd zu Boden bewegte. Es war wie die Wirkung eines vom Himmel langsam zu Boden sinkenden Seesterneffektes mit roten, grünen, gelben und blauen Flimmerkometen. Santa schaute zu Melvin, zu dem Office Commander, dem Oberwichtel, zu seiner rechten Hand, der ihm jedes Jahr über die Verteilung der Gaben berät. Ausgerechnet dieser Wichtel hatte nun Santa in eine Schockstarre versetzt, der daraufhin mit brummiger Stimme sprach:

»Wie kann ein Morgen gut sein, wenn er so Anfang?«,

Melvin wiederum konnte sich bei dem Anblick von Santa kaum wieder einfangen und haute sich immer wieder auf die Oberschenkel. Er fing an zu hecheln, als wenn er einen Lachflash erzwingen wollte, keuchte als hatte er einen Marathonlauf verloren und holte dabei Luft das sich anhörte wie ein rollendes "R". Gleichzeitig keuchte er den wohl grausamsten Suizid aus sich heraus:

»Ha, ha, ha …, ich lach mich Tod.«

Unterdessen schauten sämtliche Mitarbeiter aus ihren Werkstätten heraus und fingen ebenfalls an zu grinsen, begannen zu toben und verfielen schlagartig in ein höllisches Gelächter. Einige kreischten, andere brüllten. Mit kaum einem anderen Ereignis kann man ein Publikum so begeistern wie mit fliegenden Papierschnipseln.

Das Gelächter erstarb nach einem Augenblick, wovon sich Santa jedoch nicht verunsichern ließ, denn kurz darauf fing der Lachflash von vorne an und brachte das Lachgetriebe zum Starten.

Mit weit geöffneten Mündern und mit stark nach oben gezogenen Augenbrauen gackerten, grinsten und grölten sie alle wieder, wobei sich bei einigen Freudentränen in den Augen bildeten. Vereinzelnde hielten sich den Bauch, weil ihnen bereits das Zwerchfell wehtat, während den anderen die Luft wegblieb und dessen Gesichtsfarbe sich langsam von Rot zu blau verfärbte.

Bei einem Lachkrampf oder Lachflash kann man sich vor lauter Lachen kaum halten, es sei denn, man ist die Lachnummer so wie Santa.

Santa wischte sich die Papierschnipsel aus dem Gesicht und rief:

»Noch mehr Konfetti, bitte.«

Das ließ sich kein Elf und auch kein Wichtel zweimal sagen, denn sie sind nicht nur klein und strebsam, sondern auch für jeden Schabernack zu haben.

Und schon wurden sämtliche Konfettikanonen von den Zweigen geholt und ein Bombardement entwickelte sich, das Santas Kleidung in kürzester Zeit einer Papierhülle glich, die seinen Körper umwickelte und mit mehreren bunten Farbtönen übergossen wurde.

Jeder kennt das. Man sieht, dass Konfetti gestreut wird und schon weiß man, dass etwas Besonderes vonstattengeht, dass etwas Eindringliches hervorgehoben wird.

Früher war es bei diversen Festivitäten oft üblich, dass die Gäste mit einem Konfettiregen begrüßt wurden. Dies war ein großer Ausdruck von Freude und Feierlichkeit. Bei Hochzeiten war es Brauch, das Brautpaar mit Reis zu bewerfen, damit sie ordentlich viele Kinder bekommen. Doch irgendwann hatte man festgestellt, dass man mit dem Bombardieren von Reis gar nicht schwanger werden konnte und so verbot man diesen Brauch.

Konfetti hingegen setzt noch heute ein Statement und das sagt: "Hier findet etwas Besonderes statt." Und das stimmt auch, denn die neue Saison hatte begonnen, die Vorbereitung auf das nächste Christfest, auf den perfekten Weihnachtsabend, auf die Erfüllung der Wunschzettel von Millionen von Kindern. Oft sind es materielle Dinge, die gewünscht werden, manchmal auch andere wie ein Brüderchen oder ein Schwesterchen oder von noch anderer Art: eine neue Mami, weil die derzeitige immer schimpft.

Doch nicht immer kann Santa Claus die Wünsche erfüllen, da manche erheblich überzogen sind, wie zum Beispiel letztes Jahr der von Lucas. Er wünschte sich ein Fitnessband aus Latex, um seine Deutschlehrerin damit zu fesseln.

Santa stand immer noch da wie ein begossener Pudel, während die Wichtel und Elfen noch immer lachend ihm umringten.

Doch, was bleibt nach so einer Konfettischlacht? Außer einem ziemlichen Saustall auf dem Boden und Papierschnipsel im Haar? Ein schöner Gedanke an ein durchaus gutes und erfolgreiches Jahr und so staubte Santa sich die Papierschnipsel vom Mantel und aus dem Haar und sprach:

»In Ordnung Leute. Wir haben unseren Spaß gehabt, nun geht der Ernst des Lebens weiter. Das zurückliegende Jahr war sehr erfolgreich und nach der ganzen schweren Arbeit, hattet ihr euren Urlaub wirklich verdient. Aber jetzt ist es an der Zeit, mit den Vorbereitungen für das nächste Weihnachtsfest zu beginnen.«

Alle jubelten und freuten sich. Zipfelmützen wurden in die Luft geworfen und wieder aufgefangen. Dann sprach Santa weiter:

»Jedes Spielzeug soll ein gutes Zuhause bekommen und achtet darauf, dass alles in einem guten Zustand verpackt wird, bevor es in der Logistik landet. Also rann an die Arbeit.«

Im Nu waren sämtliche Elfen und Wichtel wieder an ihrem Arbeitsplatz und es wurde erneut gehämmert, geklopft, genagelt, gesägt, geschliffen und geschweißt. Dabei sangen sie wie italienische Hilfsarbeiter bei der Ernte, die dabei einen gleichmäßigen Arbeitsrhythmus herstellen und so den Druck durch die schwere Arbeit abbauen. Es sind sehr lebendige Texte mit einer komplexen Melodie und einem energischen

Charakter und o schallte es fröhlich durch die Halle:

> Fiori e fantasia
> la lala lala
> forza che sei tutti noi
> la lala la lala
> fiesta di colori
> la lala lala la
> pigia forte
> e canta insieme a noi …

Während Santa sich noch ein wenig dem Gesang widmete, machte sich Melvin bemerkbar, indem er ihn vorsichtig am Ärmel zupfte.

»Ich muss mit dir sprechen.«

»Jetzt?«

»Ja jetzt!«

»Hm …, na gut dann lass uns ins Büro gehen.«

2. Entweder man möchte ein frisch produziertes Baby oder lieber die stubenreine Version

Sie gingen durch die Halle der Geschenkherstellung. Ein Komplex mit weitläufiger Produktions- und Lagerfläche auf zwei Stockwerken. In der oberen Etage befand sich ein kleiner Bürotrakt mit einem einladenden Foyer, das als Ausstellungsraum für neu entwickelte und für jahrhundertealte, traditionelle Spielsachen benutzt wurde, sowie einem Fotodienst.

Hier lag auch der Konstruktionsbereich, der durch den anschließenden Flur erreicht werden konnte, sowie die Kantine und die Teestube. Der Zwischenboden der Halle ermöglicht zusätzlichen Lagerraum, sollte mal das im Nebengebäude befindliche Lager für fertige Geschenke nicht ausreichen.

Präzision ist das Wort, das vom ersten bis zum letzten Arbeitsgang vorgeschrieben wird. Dabei steht am Anfang immer ein Plan, eine als Prinzip wirkende Idee, ein tragender Grundgedanke, eine Konzeption. Zuständig sind dafür die eigenen Konstruktionsabteilungen mit qualifizierten Direktoren, wie zum Beispiel für Plüschtiere der Stoffguffel Juan oder für technische Geräte der Mechanik Imp oder Wichtel Jan

Morrow, der Gestalter für das visuelle Marketing und noch viele andere.

Ob selbstständig was erzeugt wird oder nach Vorlage einer technischen Zeichnung: Präzision hat Priorität. Jede Form, jedes Modell, jedes Muster und jedes Spitzendesign-Produkt wird hier im Hause entworfen und auch die Produktkonstruktion stetig weiterentwickelt.

Somit liegt die Forschung und Entwicklung, die Werkstatt und Fertigung, die Vormontage und Konfektionierung, die Holz-, Blech- und Kunststoffbearbeitung, alles in einer Hand.

Bevor sie die Produktionsstätte verließen, machte Santa noch einen Abstecher in die Betriebskantine.

»Ein Kaffee wäre jetzt angemessen«, sprach er zu Melvin, der ihn schweigend folgte.

Santa betrat den operational Dining, ein Saal, den der Gourmet-Wichtel Gusteau jeden Tag aufs Neue, aus einer Mischung aus traditioneller und kreativer Küche, in eine kulinarische Verbindung zaubert.

Überall stehen Pflanzen als Sichtschutz. An den Decken akzentuierende Leuchten, die eine angenehme Raumatmosphäre schaffen. Längsseits Stehtische für den schnellen Imbiss.

»Guten Morgen Santa«, sprach plötzliche eine äußerst sanfte Stimme hinter ihm. Santa drehte sich um und da war sie wieder, diese Elfe Elif mit dem rot-grünen Samtkleid und dem breiten Gürtel, der besonders ihre Figur betonte. Ihre Augen erinnern an die erste Mondlandung, an die Bilder, die einst an die Erde gesandt wurden mit den tiefblauen Ozeanen. Sie hatte ein besonderes Lächeln, wunderschöne weiße Zähne wie die Frau aus der Zahnpastawerbung. Sie ist schon eine Schönheit, die normalerweise einem nur von Plakaten herunter lächelt oder auf Titelseiten von Illustrierten posiert.

»Guten Morgen, Elif«, antwortete Santa. »Mach mir bitte einen Kaffee.«

Kurze Zeit später kam der Becher, dampfend heiß, goldbraun.

»Hier dein Kaffee ..., mit wenig Zucker ... aber viel Sahne.«

»Danke, mein Kind.«

Er nahm den Becher, nippte selbstsicher daran und verkündigte dabei noch den Wohlgeschmack des Heißgetränkes. Dabei nutzte er den Augenblick, um ihr nochmals in die tiefen blauen Augen zu schauen.

Danach verschwand er zusammen mit dem Office Commander Melvin.

Im Büro hielt ihm Melvin diverse Statistiken, Analysen und Ergebnisse sowie Erfolge und Misserfolge unter die Nase. Dabei sprach er:

»Wie ich schon letztes Jahr berichtete, Santa, werden wir alle nicht jünger. An der Lorenzkurve der grafischen Darstellung kannst du dir veranschaulichen, wie du im Laufe der Jahre immer mehr Zeit in Anspruch nimmst, um die Geschenke zu verteilen.

Letztes Jahr krähte schon der Hahn, als du zurückkamst. Deine Ausrede war, dass du einem angeblichen Kollegen zeigen wolltest, wie man unbemerkt in ein Haus gelangt. Dabei stellte sich heraus, dass es sich um einen ganz gewöhnlichen Einbrecher handelte, der sich nur so tarnte, um nicht aufzufallen.«

»Das war so ein netter Mann, verteidigte sich Santa. »Wie sollte ich das denn auch wissen. Er war genauso gekleidet wie ich.«

»Ja und das Jahr davor? Da war deine Rechtfertigung: Sorry für die Verspätung, aber die Zeit war einfach schneller. Und Weihnachten davor? Da hattest du dich damit herausgeredet, dass du in eine Glasscherbe getreten warst und dich erst mal im Krankenhaus von dieser Schwester mit den schwarz lackierten Haaren, solar getöntem Teint, rot-geschminkten Mund und der viel zu engen Krankenhauskluft, verarzten lassen musstest.«

»Die hatte schöne große Ohren und ein nettes Lächeln, sag ich dir ...«

»Santa«, protestierte Melvin.

»Ist ja schon gut.«

»Wenn man älter wird, wird auch der Stoffwechsel alt und das wiederum wirkt sich auf den ganzen Körper aus. Man verwertet das Essen nicht mehr so wie früher, Gelenke verschleißen und fangen an zu schmerzen, das Herz wird schwächer, die Gefäße verkalken. Ein völlig natürlicher Prozess, dem niemand entrinnen kann, auch du nicht.«

»Und was soll das heißen? Dass mir der Dampf im Kessel fehlt, weil das Gehäuse zu alt ist? Auch in alten Kirchen kann man noch die Messe lesen!«

»Santa nimm es nicht persönlich. Es ist der Lauf des Lebens und betrifft jeden. Es ist quasi eine Abnutzung um es plump auszudrücken. Man wird eigentlich nicht langsamer, sondern eher ruhiger. Wenn ich in meinem Alter einem Kind zusehe, dann denke ich, dass dessen Kraftreserven wohl nie erschöpft werden, und empfinde ihn als hibbelig. Wenn du in deinem Alter diesem Kind zusiehst, dann würdest du ihn eher als hektisch oder unruhig empfinden.«

»Hm …, und nun?«

»Und nun? Und nun sollten wir uns Gedanken um die nächste Weihnachtsmanngeneration machen.«

»Um die nächste Weihnachtsmanngeneration?«

»Ja! Da der Weihnachtsmann mit rotem Kostüm, Rauschebart, Brille und einem gütlichen Lächeln, sowie einen Geschenksack und manchmal auch mit einer Rute ausgestattet, als Gabenbringer schon seit Jahrhunderten bekannt ist, glaubt man er sei unsterblich. Da es aber der Lauf der Dinge ist, das Menschen sterben, muss die nächste männliche Generation die Aufgaben des Weihnachtsmannes übernehmen.«

»Klar ist doch logisch«, bestätigte Santa, wusste aber nicht was auf ihn zukam.

»Nun, für solche Vorhaben gibt es zwei Möglichkeiten. Die eine wäre der konventionelle Weg, der Akt der Zeugung. Darauf folgen neun Monate emotionale Schwankungen, ähnlich einem Spaziergang durch ein beziehungstechnisches Minenfeld. Hormone sind für die Launenhaftigkeit einer

Frau verantwortlich, da die Schwangerschaft eine Zeit tief greifender Veränderung ist. Man freut sich auf das Baby und im gleichen Moment fragt man sich, was einem da eigentlich gerade passiert.«

»Und der andere Weg«, fragte Santa.

»Der moderne und sicherlich auch der stressfreie Weg wäre die Adoption. Wobei man sich zwischen einem Säugling und einem schulpflichtigen Kind entscheiden kann.«

»Aha, hier stellt sich also die Frage, ob man ein schreiendes frisch produziertes Baby nimmt oder ob man eine stubenreine und damit eine gebrauchte Version bestellt, oder wie hab ich das zu verstehen?«

»Äh …, naja, wenn du es so formulieren willst. Allerdings kommt eine Adoption für dich nicht infrage.«

»Wieso nicht? Ich habe feste Arbeit, eine große Wohnung und viele Freunde und Freundinnen, die mich bei der Erziehung des Kleinen unterstützen würden.«

»Bei der Adoption findet ein persönliches Treffen hier im Hause mit dem zuständigen Mitarbeiter statt, in welchem dieser sich ein umfassendes Bild zur familiären und finanziellen Situation, dem Alter der potenziellen Eltern, die Beweggründe, der

Wohnsituation, den Motiven, sowie den Erziehungsvorstellungen macht.«

»Ja und?«

»Erstens bist du nicht mehr der Jüngste, zweitens impliziert das Wort Eltern Vater und Mutter und drittens, was sind die Beweggründe? Ein Sicherheitsanker für Santa Claus? Ein Rettungsboot für das sinkende Schiff? Die Bürgschaft für eine Unsterblichkeit? Eine wundersame Verwandlung im Laufe deines Lebens?

Außerdem wohnst du am Nordpol. Kein Wesen hatte bisher die Werkstatt des Santa Claus betreten und so sollte es auch weiterhin bleiben. Stell dir mal vor, hier treiben sich fremde Leute herum und begehen womöglich Werksspionage.«

»Werksspionage?«

»Ja Werksspionage durch Spione. Das sind so ausgebildete Geheimnisfinder, mit hochgeschlagenen Trenchcoatkragen, tief ins Gesicht gezogenen Panamahut, finsterer Ganoven-Mine und einer coolen Sonnenbrille, die sie auch nachts um halb drei bei Unwetter tragen.«

»Ne, solche Leute habe ich hier noch nie gesehen. Und was ist mit mir? Bleibt nun alles beim Alten?«

»Nicht direkt. Magst du Frauen?«

»Ich? ... oh ... natürlich ... und ob ich Frauen mag. Ich weiß nicht, wie ich das Ausdrücken soll ..., zur rechten Zeit am rechten Ort, natürlich.«

»So wie du deinen Kaffee magst? Mit wenig Zucker? Viel Sahne? In einem Becher? Kolumbianisch? Schwarz und stark?, fragte Melvin daraufhin.«

»Äh ... nein eher etwas Bescheidenes ..., Unempfindliches ..., Gutmütiges ... mit Augen so blau wie die Tiefe eines Bergsees, mit langen Wimpern die Schatten aufs Gesicht werfen, dunklen Haaren wie die Früchte eines Edelkastanienbaumes, einer Haut so zart wie ein leichter Luftstrom, der meine Wange berührt und einem Lächeln, das man nur noch küssen möchte«, schwärmte Santa.

Er schwärmte so, als wenn er sich noch im reiferen Jugendalter befand, ein Mädchen anhimmelte, die eigentlich arrogant, zickig und eingebildet war, aber auch weiche Momente hatte und er sie deshalb als absolutes Objekt seiner abstrakten Begierde unwiderstehlich empfand. Nachdem seine Begeisterung innegehalten war, bemerkte er:

»Warum fragst du?«

»Nun es gibt verschiedene Möglichkeiten Frauen kennenzulernen. Speed Dating, Blind

Dates, Kontaktanzeigen bis hin zur Singlebörse für Partnersuchende im Internet. Das Speed Dating ist die schnellere Art mit jemand zusammenzukommen. Eine Veranstaltung, wo Singlemänner und Singlefrauen sich treffen. Man sitzt sich gegenüber und hat nun die Gelegenheit, ein wenig zu quatschen und zu prüfen, ob die Chemie stimmt. Nach ein paar Minuten wechselt man dann zur nächsten Gesprächspartnerin, bis man mit allen Singlefrauen gesprochen hat.«

»Früher hatte man den französischen Begriff Rendezvous dafür benutzt, welcher später als Stelldichein ins Deutsche übersetzt wurde. Heute versteckt man sich hinter einer Wolke von Anglizismen. Aber widmen wir uns lieber einer anderen Frage. Was ist, wenn einem eine der Frauen gefällt?«

»Dann werden die Telefonnummern ausgetauscht und man kann dann Kontakt zueinander aufnehmen oder am selben Abend noch was unternehmen.«

»Das klingt gut, das möchte ich mal ausprobieren.«

Melvin kümmerte sich darum und meldete Santa zum nächsten Speed Dating in einer europäischen Großstadt an. Der Tag kam. Santa war dabei sich fein zu machen, stand unentschlossen vor seinem Kleiderschrank und schaute auf die dreißig identischen Weihnachtsmannkostüme, die dort hingen. Unten im Schrank tunlichst die gleiche Anzahl an Stiefeln. Er entschied sich für ein paar, die noch nie getragen wurden und somit sauber und geputzt aussahen.

Normalerweise verfügt der Mensch über einiges an Kleidungsstücken. Socken, Hosen, Unterhosen, Unterhemden, Oberhemden, T-Shirts, Jacken, Pullover, Schuhe um nur einiges zu nennen.

Doch Santa sein Kleiderschrank sah spärlich aus. Auf dem Einlegeboden über der Kleiderstange befanden sich nur eine aschgraue Wollhose und ein aus Rentierwolle gestrickter Pullover mit rot/grün/grauen Mustern auf beigefarbenen Hintergrund. Es ist ein extra langer Pullover, der bis weit über die Hüfte reicht, um den Allerwertesten vor Kälte zu schützen. Daneben eine Zipfelmütze, farblich passend zum Pullover.

Da er sich nicht gleich als den Mann zu kennen geben wollte, den er in Wirklichkeit darstellte, entschloss er sich für diese etwas unkonventionelle Kleidung. Die angegraute Wollhose verfügte über etwas längere Beine mit Gummibündchen am Hosenbeinabschluss, die in den Stiefeln verschwanden.

Der Pullover, ein Jumper mit Rippenbündchen hingegen besaß wellenförmige und zackige graue Muster, große rote Sterne und breite grüne Streifen mit weißen Punkten. Seine lang und breit geschnittene Form hat den Vorteil, dass man einen prall gefüllten Bauch schön hinter dem Pulli verbergen konnte.

Santa machte sich auf den Weg zu seinem Speed Dating.

Am Eingang dieser Veranstaltung wurde er etwas skeptisch begrüßt, jedoch änderte man schnell seine Zweifel, da man Menschen nicht nach dem Äußeren beurteilen sollte. Es wurde Santa ein Glas Sekt angeboten und ihm einen Tisch zugewiesen.

Kurz darauf ertönte ein Gong und die Show begann.

»Ich heiße Elfriede und bin …, naja … meine Freundin sagt immer, dass man mir das Alter nicht ansehen würde.«

Frauen lassen sich im Allgemeinen lieber zwei Wurzelbehandlungen beim Zahnarzt über sich ergehen, bevor sie direkt übers Alter reden. Meistens haben sie das Gefühl, dass sie sofort in eine Schublade gedrängt werden, wo man vom Blasentee bis Florian Silbereisen alle möglichen Klischees über das Alter jenseits von Dr. Sommer und Klingelton-Abos findet.

»Ich suche einen Mann«, sprach sie dann weiter. »Verdienst du gut?«

»Äh … Mhm … ja und ich heiße Santa, Santa Claus und bin …«

»Ist das dein Nickname«, unterbrach ihn die Dame.

»Äh …, mein was?«

»Na dein Nickname, dein Spitzname. Ein Name um deine Anonymität zu bewahren. Weißt du, zuerst wollte ich das ja auch machen, aber dann dachte ich mir warum. Elfriede ist doch ein schöner Name, nicht wahr?«

»Äh … ja.«

»Und du? Wie ist dein richtiger Name?«

Santa beugte sich ein wenig vor, hob seine Augenbrauen, damit die Augen größer wirkten, und flüsterte:

»Ich heiße wirklich Santa Claus und ich bin der Spielzeugfabrikant, der die ganzen Kinder zu Weihnachten beschenkt, aber pssssst.«

Dabei legt er den Zeigefinger seiner rechten Hand vor den Mund.

»Sag mal, bist du ein Scheiß schwachsinniger oder denkst du ich bin blöd? Nur weil ich eine arme schwache, anlehnungsbedürftige Frau bin, brauchst du mich nicht so zu verarschen, von wegen Weihnachten die ganzen Kinder beschenken.«

»Nein wirklich, du kannst mir das ruhig Glauben.«

»Ne das muss ich mir nicht antun, dich haben die wohl gerade aus dem Zuchthaus entlassen. Herr Veranstalter kommen sie mal bitte her.«

Der Veranstalter kam und fragte mit stiller, ruhiger, flüsternder Stimme, um die anderen Teilnehmer nicht in ihrer Konversation über eine sich eventuell ernsthaft anbahnende feste Beziehung zu stören:

»Was gibt es für Missverständnisse?«

»Der Mann hier ist ein Betrüger«, sprach Elfriede mit lispelnder Stimme. »Der will mich verarschen. Er meint, er sei der Weihnachtsmann persönlich, gaukelt mir vor eine Spielzeugfabrik zu haben und dass er jeden Heiligabend als Gabenbringer aller Kinder auftritt.«

Empört sah der Veranstalter Santa an, bat ihn an einen anderen Tisch platz nehmen und sich tunlichst an die Spielregeln zu halten.

Gegenüber von ihm saß nun eine Frau, die sich von ihrem Freund getrennt hatte, weil sie keine Luft mehr bekam. Sie hatte auf die Zuwendungen, auf die gemeinsamen Aktivitäten, auf die Zukunftsperspektive, materielle Sicherheit, Unterstützung und vieles mehr, verzichtet. Nun versuchte ihr Ex-Freund mit allen erdenklichen Mitteln, die Beziehung wieder zum Laufen zu bringen.

»Ich bin umgezogen«, sprach sie, »habe einen neuen Job, meine Telefonnummer geändert, meine E-Mail-Adresse, doch der Typ ist wie ein Stalker.«

Sie redete ohne Punkt und Komma, stetig und ununterbrochen, wie das Fließen von Wasser, welches sich senkrecht über einem Hang in einem freien Fall herunterstürzt. Es war Showtime für sie und Santa war ihr Publikum, durfte staunend an ihren Lippen hängen.

Nicht einmal richtig vorstellen konnte er sich, als er mit der Geschichte einer Buhlerei um eine Liebe konfrontiert wurde.

»Aha ...«,

und

»Soso« waren seine einzigen recht einsilbigen Kommentare, die sie glauben machen sollten, dass er ihr zuhört. Es war alles recht langatmig und glich eher eine Einschlafhilfe als eine Kommunikation.

Santa kam sich vor wie ein Mauerblümchen, wie eine Blume, die an einer Mauer blüht, wo man sie leicht übersieht oder wie Aschenputtel in der Reality-Show: Ich bin ein Star – holt mich hier raus. Der Gong rettete ihn.

Gegenwärtig saß er vor einer Enddreißigerin, die ihren Körper perfekt beherrscht und auch weiß, was man damit alles machen kann.

»Na alles senkrecht?«, fragte sie. »Hör mal, ich will ganz ehrlich zu dir sein. Es ist schon verdammt lange her, dass ich mit einem Mann zusammen war. Weißt du, ich habe sehr viel Zeit mit Frauen verbracht …, aber jetzt da brauch ich zum Spielen mal wieder ein Joystick. Verstehst du, was ich meine?«

»Ähm …, ich glaub schon.«

»Du bist echt hübsch«, setzte sie ihr Vokabularium fort. »Du hast so tolle Pausbacken, wie das lächelnde Kind auf der Zwieback-Verpackung. Das gibt dir so sanfte und zarte Züge, macht dich wiederum feminin und so was ist gut für mich. Das wäre dann ein Softem, naja ein Wechseln, wenn du verstehst, was ich meine. Vielleicht könntest du noch ein wenig Rouge auflegen, um deine Pausbacken noch mehr zu betonen.«

Bei einem Speed Dating hat man gerade mal ein paar Minuten Zeit, um sein Gegenüber näher kennenzulernen, bevor es wieder heißt: Tischlein wechsele dich. Santa war es unangenehm, wie offen sein Gegenüber so über das Sexualleben plauderte. Er wartete verzweifelt auf den Gong, doch der schien gerade in diesem Moment auszubleiben.

Die Zeit verging langsam, aber stetig, wie eine Schildkröte, wie ein Koalabär im Eukalyptusbaum, wie die Geschwindigkeit die sich nur unwesentlich vom Nullvektor unterscheidet oder wie das Kalenderblattabreißen durch einen Beamten.

Anderseits ist es nur ein dummes Geschwätz, das die Zeit vergeht, denn wenn die Zeit vergehen würde, wie man sagt, dann müsste sie doch auch irgendwo herkommen. Oder? Dann endlich der ersehnte Gong, und bevor dieser verhallte, saß Santa schon am nächsten Tisch.

Doch hier saß er einer Frau gegenüber, die bereits ihre Lehre absolviert hatte, als Queen Elisabeth II geboren wurde.

»Hallo ich bin Gerda. Spielen sie Bridge?«

»Äh …, wie bitte?«

»Ich suche noch Leute, zum Bridge spielen. Wissen sie, vorletzte Woche ist einer unserer Spieler verstorben und letzte Woche noch einer. Jetzt sind wir nur noch zwei übrig und zum Bridge spielen braucht man nun mal vier.«

»Dies ist aber eine Veranstaltung für eine Partnersuche«, bemerkte Santa.

»Ich weiß, ich suche ja auch einen Partner, … oder zwei … zum Karten spielen.«

Irgendwie fühlte Santa sich nicht verstanden. Von der einen wird er als Betrüger bezeichnet, die andere will nur einen Joystick und sie hier versucht bei einem Speed Dating ein paar Kartenspieler auszugraben.

Ein echter Mann muss wissen, wann er sich zurückziehen muss. So brach er weitere Gespräche ab und machte sich auf den Heimweg.

3. Ein Parallel-Dating ist, sich mit mehreren Interessentinnen zu treffen

Am nächsten Tag erzählte Santa seinem Office Commander Melvin von der Begebenheit des gestrigen Abends, dass man ihn als aufdringlichen Verehrer/Betrüger/Betthäschen/Behelf/Wahnsinnigen darstellte und das er auf diesem Weg keine Frau kennengelernt hatte.

»Ja«, sprach Melvin, »man muss erst mal begreifen, dass das Leben eine Sammlung von Erfahrungen ist, die es zu schätzen gilt.«

Santa beobachtete Melvin, wie er verschlossen da stand und nachdachte. Man hört förmlich das Klicken der Zahnräder in seinem Kopf, wenn die Zähne sich langsam in die Lücken des Gegenrades einfügten. Geraume Zeit später unterbrach Santa die geistige Arbeit von Melvin und fragte:

»Du stehst da und starrst mich an, als wenn du auf der Suche nach einer abenteuerlichen Geschichte bist. Was ist los?«

»Ich denke nach.«

»Über was denkst du nach?«

»Über das Futurum Weihnachtsmannes und wie man ihn von seinem autonomen Atoll herunterholt.«

»Und?«

»Nun es gibt noch die Möglichkeit der Singlebörse für Partnersuchende im Internet. Dabei handelt es sich um ein Blind Date, eine anonyme Kontaktaufnahme zu einem späteren gemeinsamen Treffen.«

Santa ließ sich das Wort Singlebörse auf der Zunge zergehen. Er hatte es zuerst mit einer stillen Einlage verwechselt, mit Aktien, Finanzkrisen, Hypo Real Estate, Hedgefonds, Ratingagenturen, Wall Street, Krötenwanderung, Bankerroulette. Doch dann fiel auch bei ihm der Groschen, pfennigweise.

»Allerdings«, fuhr Melvin fort, »allerdings sollte man hier aufpassen, wenn tagestaugliche Kommunikationspartner Bilder von sich zeigen. Meistens sind sie grobkörnig gerastert oder durch eine Fotomontage leicht verändert worden.«

»Das wäre ja Schummelei«, entrüstete sich Santa.

»Nun manche denken eben, dass es sich um ein Foto-Shooting handelt, und senden Fotos, die zuvor durch eine Fotomontage leicht verändert wurden, damit gewisse äußerliche Attribute besser zur Geltung kommen. Aber im Notfall kannst du immer noch abhauen oder du lässt dich auf dein Handy anrufen. Ist die Person mit der du das Date hast OK, dann sprichst du ein paar nette Worte ins Telefon und hängst auf. Ist es ein No Go, schaust du panisch in der Gegend umher und sagt: "Wie …, oh Nein …, nicht die Waschmaschine …, alles nass", gefolgt von der klassischen Ich-Muss-Weg-Ausrede.«

»Naja dann lass uns mal diesen Schritt wagen.«

»Gut, dann werden wir es mal versuchen.«

Santa war in den letzten Jahren so mit der Spielzeugproduktion beschäftigt, dass er total vergaß, eine Familie zu gründen. Nun im fortgeschrittenen Alter ist es nicht mehr so einfach, den sprichwörtlichen Deckel zu finden. Die Zeit der Diskothekenbesuche ist längst vorbei und in Cafés, Bars und privaten Feiern außerhalb seines Wirkungskreises treibt Santa sich nicht herum.

Die Tatsache, dass sich seit einigen Jahren nun auch eine Partnerin erfolgreich im Netz finden lässt, hat sich längst herumgesprochen. So fuhr Melvin den Laptop hoch, um ein aussagekräftiges Profil bei einer Partnerbörse anzulegen und Kriterien festzuhalten, nach denen das automatisierte Suchsystem nach potenziellen Partnerinnen Ausschau halten soll.

Als elementare Profilinformation wurde geschrieben: durchschnittlich attraktiv, passionierter Bartträger, kreativer und erfolgreicher Unternehmer, leicht adipös. Hobbys: weißes Wunderland voll sonniger Winterfreunden, Lieblingsfarbe: rot/weiß wie die klassische Beilage zu Pommes frites.

Santa saß nun schon seit gestern vor dem Laptop, surfte nebenbei in der Weltgeschichte herum und wunderte sich, dass er bisher noch keine nennenswerte Kennlernerfolge verzeichnen konnte.

Das ist ja auch kein Wunder, da seine Lebensgeschichte an die Internet-Partnervermittlung eine gewisse Zeit in Anspruch nimmt, um einen Gemeinsamkeitsvergleich vorzunehmen, damit sein Profil nur Mitgliedern vorgeschlagen wird, die besonders gut zu seiner Persönlichkeit und seinem Charakter passen.

Es ist die Ungeduld, die Aufgeregtheit, die einem veranlasst, am liebsten Tag und Nacht vor dem Bildschirm zu sitzen oder mit einer mobilen Laptophalterung, wie mit einem Bauchladen, den ganzen Tag umherzulaufen.

Doch plötzlich erschienen gleich drei Frauen auf Santas Besucherliste. Sie haben die Initiative ergriffen, den Erstkontakt herzustellen, da ihnen womöglich das Profil gefiel, dachte sich Santa.

Da er sich momentan nicht so recht für eine entscheiden konnte, entschloss er sich erst mal für einen angeregten E-Mail-Austausch, um den Kontakt zu einem späteren Zeitpunkt in die Realität zu überführen. Dabei verschwieg er bei jeder, dass es noch zwei weitere Stuten gab, die den Hengst von der Weide holen wollten.

Die Frauen gewannen immer mehr sein Vertrauen, indem sie viele privaten Details von sich gaben, auch eine Menge von ihm erfragten. Santa verhielt sich dabei ein wenig verschlossen, wollte nicht gleich mit der Tür ins Haus fallen. Er erzählte schweifend von einer Spielzeugfabrik, wo er arbeitete und viele nette Kollegen und Kolleginnen um sich hat.

Nach einiger Zeit baten sie Santa dann um Übersendung von Fotos. Dabei lobten die Mädels seine kräftige Statur, sein liebes Gesicht und seinem Aussehen, dass an Knecht Ruprecht erinnern würde.

Daraufhin sandten auch die Mädels mehr Fotos von sich, erst brave, dann freizügigere mit tiefen Ausschnitten und zu guter Letzt im Bikini. Santa war Feuer und Flamme. Mit etwas Glück wird seine Suche bald vorbei sein, dachte er sich. Sie tauschten Telefonnummer aus und verabredeten sich, allerdings unabhängig voneinander.

Doch Santa wäre nicht Santa, wenn er nicht längst eine Möglichkeit im Hinterstübchen hätte. Er dachte an ein Parallel-Dating, mit allen drei Frauen an einem Tag auszugehen und dabei eine gewisse Diskretion zu bewahren, nämlich mit keinem über den anderen zu reden.

»Ich werde mit der einen Frau Frühstücken, mit der anderen zu Mittag essen und mit der Dritten am Abend dinieren«, sprach er zu Melvin.

»Du musst äußerst vorsichtig sein, wenn du am Tage unterwegs bist. Nicht dass dich jemand mit dem Schlitten erkennt und sich fragt, warum du erst im Frühjahr die Kinder bescherst, anstatt – wie es sich gehört - zum Weihnachtsfest.«

»Mach dir mal keine Gedanken darum, ich passe schon auf. Da die Mädels sehr weit auseinander wohnen, werde ich den neuen Schlitten nehmen. Den Schlitten, den du zu einem Luftgeschoss umbauen ließest. Den

Santa-5000 mit Raketenantrieb, Navi, Astrolabium, Clausimeter, Kufen-Einzelaufhängung, vorne mit Schraubenfedern, hinten mit voll elliptischen Blattfedern, einer elektrohydraulischen Servolenkung und einen dreifach hintereinandergeschalteten Bremskraftverstärker. Mit dem Gefährt kann ich die weit auseinanderliegenden Städte in Sekundenschnelle verbinden.«

»Und wenn man zu so einem Date geht«, bemerkte Melvin, »sollte man sich vor dem Spiegel genau überlegen, welchen Eindruck man mit seinem Outfit vermitteln will.«

»Wieso ich finde, ich sah gut aus. Meinen Pullover fanden sie alle äußerst ausgefallen und außergewöhnlich. Er würde Seriosität vermitteln und modisches Interesse signalisieren. Mut zur Mode hatte man gesagt. Der Seminarleiter meinte sogar, dass dieser Pullover seinem Gehirn zu einer vollkommenen Inspiration verhelfen würde und dass er die Herausforderung liebte. Eine Teilnehmerin meinte sogar, er wäre sehr funktionell und würde mein Aussehen zu einer Einheit verschmelzen. Andere wiederum fragten, ob es noch mehr von dieser Art geben würde.«

»Echt?«

»Ja. Sie wollten wissen, ob der Pulli von einer Großwüchsigkeit betroffen wäre.«

»Manchmal macht es einfach Spaß, jemanden zu verarschen. Santa, die haben sich über deinen Pullover lustig gemacht. Das ist genauso, als wenn man einen Blinden einen Anzug aus Patchworkstoffen verkauft und einfach auf das Knurren des Blindenhundes nicht reagiert.«

»Du meist die haben mich verarscht?«

»Ja und mit Großwüchsigkeit meinten die, dass dein Pullover früher mal Größe M hatte, jetzt aber 3-XL.«

»Der ist aber bequem.«

»Der ist nicht bequem, der ist ausgeleiert! Du bist kein Hip-Hopper, der in Übergrößen rumläuft oder wie manche Mädchen, die sich mit extrem tief sitzenden Hosen - mit freien Po-Falten-Einblicken - bekleiden. Bei manchen sieht es ja sexy aus, bei den anderen aber eher peinlich, besonders dann, wenn er zu groß ist und beim Bücken der überschüssige Speck aus dem viel zu engen Hosenbund herausquillt.«

Santa nahm sich das zu herzen und ließ sich von der betriebseigenen Schneiderei auf die Schnelle ein neues Outfit verpassen. Er bekam eine Stretch-Business-Hose in Marineblau aus Nordpol-Gabardine mit einem angenehmen Wooltouch. Dazu passende Hosenträger, einen Rundhalspullover aus Rentierwolle, in feiner Pink, Orange, Gelb, Melange-Optik, die in einem kardierenden Prozess gekämmt wurde, ein Hemd aus Popeline, so weiß wie die nördliche Hemisphäre und einen Kurzmantel mit angedeuteter Innenjacke.

Am nächsten Tag war es dann so weit. Rechtzeitig machte er sich auf den Weg, um nicht unpünktlich am verabredeten Ort zu erscheinen, wo er seine unbekannte Verabredung treffen sollte. Er stand vor dem Laden, ordnete seine Gedanken, fuhr mit gespreizten Fingern durch sein Haar und trat ein.

Zuerst sah er nur ein kleines Café mit ein paar Leuten, die bei Croissants, Marmelade und Kaffee sich ausgiebig unterhielten. Nachdem er sich kurz umgesehen hatte und leicht besorgt war, ob die Dame eventuell kalte Füße gekriegt hatte, erblickte er dennoch das Erkennungszeichen, ein tanzendes Christkind mit weit schwingendem cremefarbigem Kleid.

Da Santa sich keine Fehler erlauben wollte, hat er für jede Verabredung ein anderes Erkennungszeichen vereinbart, um nicht versehentlich eine der Damen mit den falschen Namen anzusprechen. Das wäre das aller Schlimmste, was passieren könnte und seinem Gegenüber ein Anzeichen dafür gibt, dass er womöglich bereits einen passenden Partner gefunden hat und aus anderen Gründen noch aktiv auf der Suche sei.

So hatte er für das Frühstücks-Date als Merkmal ein Christkind ausgemacht, als Eselsbrücke für den Namen Christel, zu Mittag den Weihnachtsmann als Gedächtnishilfe für den Namen Wilma und abends ein Rentier als Kennzeichen für Renate.

Er ging zu dem Tisch der Dame und stellte sich vor:

»Hallo ich bin Santa.«

»Hallöchen, ich bin die Christel. Schön dich zu sehen.«

»Ja, das finde ich auch. Dies ist mein erstes Blind Date und ich weiß gar nicht genau, wie man sich verhält.«

Sie saß Santa gegenüber, schaute tief in seine Augen und versuchte sich bis zu seinem Herzen durchzubohren. Dabei spielte sie verführerisch an ihrem Ausschnitt, atmete tief durch und drückte zudem automatisch ihren Brustkorb nach oben. Dann presste sie ihre Oberarme von außen gegen die Brust, legte die Unterarme auf den Tisch und beugte sich leicht nach vorn.

Unweigerlich landeten Santas Blicke in ihrem Ausschnitt, er konnte nicht anders und er erblickte zwei umwerfende Brüste, die vor seinem Gesichtsfeld schwebten. Sein Blick streifte ihre Augen und er sah, dass ihr bewusst wurde, was er sich da anschaute. Dabei sprach sie:

»Erzähl mir doch noch ein wenig von der Spielzeugwarenfabrik.«

»Nun wir haben eine große Auswahl an Spielsachen, die wir im Do-it-yourself-Verfahren herstellen.«

Sie spielte daraufhin mit einer Hand an ihrer Haarsträhne, streichelte mit der anderen Hand über Santa seinen Unterarm bis zur Gelenkbeuge, glitt leicht schabend mit dem Fingernagel sanft an der Innenseite wieder zurück und ließ ihn Gänsehaut spüren. Überall richteten sich die Haare auf, der ganzen Körper schauderte, eiskalt lief es ihm über den Rücken und winzige Erhebungen auf der Haut ließen ihn wie eine gerupfte Gans aussehen.

»Legst du auch mal gerne selber Hand an?«, fragte sie.

»Ja so manchmal …, ich meine … naja … wenn … mir danach ist …, oder wenn Not am Mann ist … und du?«

»Ach hä, hä, hä …, ja …, hä, hä, hä … wenn …, wenn mir danach zumute ist und ich nicht gerade einen Feuerlöscher habe.«

»Einen Feuerlöscher?«

»Naja …, einen Mann …, ein Abenteuer …, eine Affäre …, ein Techtelmechtel, oder was meintest du?«

Das Leben geht schon manchmal seltsame Wege und es offenbarte sich ein klitzekleiner Haken, den das Blind Date mit sich brachte. Während der eine von handwerklich künstlerischen Fähigkeiten sprach, von sägen, schleifen, hämmern und nageln, hatte seine Gesprächspartnerin ganz andere Gedanken im Sinn, nämlich die Entdeckung der Liebe zu sich selbst.

Santa hatte sich nur ein Croissant und eine Tasse Kaffee bestellt, das kleinste Frühstück was auf der Speisekarte stand, um das Ganze hier schnell hinter sich zu bringen.

4. Man muss schon Hellseher sein, um die Flirtsignale mancher Frauen zu verstehen

Er machte sich auf zu seinem nächsten Date, zu Wilma mit dem Weihnachtsmann. Ein chinesisches Restaurant hatte sie ausgewählt. Santa war zu früh, dennoch betrat er schon mal den Raum, suchte sich ein Tisch aus und wartete.

Er schaute sich um und sein Blick blieb an einem Tisch hängen, an dem sechs Chinesen saßen. Es ist ein großer runder Drehtisch, der so vollgestopft mit Speisen war, dass sich die Tischplatte bedrohlich durchbog. Derartige Tische sind dazu gedacht, sich die gewünschte Speise zu sich zu drehen, ohne dabei die so typische Frage stellen zu müssen, ob man auch mal von der Knusperente Szechuan Art, mit brauner Soße da hinten probieren dürfte.

Am Fenster zwei intellektuelle Studenten, die sich in Erinnerung an die letzte Studienfahrt nach Peking besannen und den Kellner dazu benutzen, die ersten erlernten chinesischen Vokabeln auszuprobieren.

Eine Frau schritt auf den Tisch von Santa zu. Völlig außer Atem setzte sie sich ihm gegenüber und sprach:

»Gerard … tut mir leid, ich dachte, es geht schneller, aber die Straßen sind hier wirklich unübersichtlich.«

Santa schaute mit nachdenklichem Blick die befremdete Person an. Ratlos saß er da und konnte die Situation nicht ganz realisieren.

»Ich bin es«, sprach sie, … »Louise.«

Tief durchatmend dachte sich Santa: Was soll dass denn? Dann sprach er irritiert:

»Tut mir leid, aber ich bin nicht Gerard.«

»Oh …, du bist nicht Gerard?«

»Nein!«

»Hm …, vielleicht ist er schon gegangen. Gut ich hab mich ein bisschen verspätet, aber das kann ja mal vorkommen.«

Sie schaute sich in dem Restaurant um, suchte nach ihrem Stelldichein, nach einem wartenden Herrn, mit dem sie womöglich verabredet war.

»Ach jetzt hab ich es«, bemerkte sie plötzlich und erhob dabei ihren Zeigefinger. »Du hast mich gesehen und jetzt gefalle ich dir nicht mehr. Du kannst ruhig die Wahrheit sagen.«

»Moment mal«, entrüstete sich Santa. »So was würde ich nie in meinem Leben jemanden antun. Bestimmt nicht.«

»Jeder sagt in seinem Leben mal die Unwahrheit, um sich von der grausamen und erschreckenden Realität zu bewahren.«

»Ich nicht!«

»Sag bist du verblödet? Auch du bist nicht anders als die anderen Kerle.« Daraufhin erhob sich die Frau und ging. Als sie am Kellner vorbeikam, der sie lächelnd ansah, meinte sie nur noch:

»Glotze nicht so blöd.«

Dann verließ sie das Lokal. Zeitgleich betrat eine Frau das Restaurant, eine Person, wo man sagen konnte: Man sieht die geil aus. Sie hatte eine Ähnlichkeit wie Wilma, wie auf eins der Fotos, die Santa per Mail zugeschickt bekam. Doch beim näheren Hinsehen hatte sie nicht nur eine Ähnlichkeit, sondern sie war es in Person. Sie ist gekommen, dachte er, wie geplant, wird sicherlich auch das Erkennungszeichen dabei haben, wie geplant. Ja, sie war da, wie geplant.

Santa wollte aufstehen und ihr entgegentreten, als eine weitere Frau das Lokal betrat und sich zu Wilma gesellte. Das war nicht geplant.

Die beiden Damen nahmen an einen der Tische platz, der im direkten Blickfeld von Santa stand. Dabei beobachtete er, wie die eine der Damen einen Plüsch-Weihnachtsmann aus ihrer Handtasche zog und ihn auf dem Tisch drapierte.

Sie hatte eine Freundin mitgebracht, meistens ein Grund für Nervosität, Angst oder Unentschlossenheit.

Nachdem der Plüsch-Weihnachtsmann mitten auf dem Tisch Stellung bezogen hatte, erhob Santa sich und ging zum Nachbartisch.

»Hallo, ich bin Santa. Ich bin ein wenig früher gekommen und hab da hinten am Tisch gesessen.«

»Hallo Santa, setzt dich doch zu uns. Das ist meine jüngere Schwester Silvia.«

Santa traute seinen Augen nicht, als er die angeblich jüngere Schwester von Wilma aus der Nähe sah. Sie sah aus, als wenn sie bereits Otto von Bismarck mit dem Taschentuch hinterher gewinkt hatte, als er zum ersten Reichskanzler ernannt wurde.

Dennoch begrüßte er sie freundlichst und setzte sich. Dabei überlegte er, ob er sich hier auf einen Prüfstand befindet und erst mal durch den Schwestern TÜV müsse, da ohne ihre Zustimmung es ansonsten keine

Zukunft geben wird, oder ist der Grund die Nervosität, dass Wilma ihre Schwester als seelische Unterstützung mitbrachte?

Eine Zeit lang saßen die Drei stumm am Tisch. Es wollte einfach keine Kommunikation zustande kommen, warum nicht? Santa war doch sonst nie um ein Wort verlegen.

Wilmas Schwester hatte die ganze Zeit mit einer ihrer Haarsträhnen gespielt, bis sie die Hand von der Strähne nahm. Sie berührte mit den Fingerspitzen ihre rauen knallrot angemalten Lippen, streichelte sanft darüber, feuchtete sie mit der Zungenspitze an und biss sich dann sachte auf die Unterlippe. Mit den feuchten Fingern strich sie sich dann über den Hals bis zum Schlüsselbein und wieder zurück. Santas Augen verfolgten das Geschehen und er wünschte sich, jetzt lieber am Nordpol zu sein.

Silvia genoss offensichtlich das Spiel mit der Verführung, die Faszination Santa zu reizen.

Wilma hingegen schaute währenddessen zum Fenster hinaus und bekam von dem Kokettieren ihrer Schwester nichts mit, von der Geschmeidigkeit diesen für sie fremden Mann herauszufordern, den Versuch zu starten, ihr einfach nicht widerstehen zu können.

»Erzähl mir doch, noch was von dir«, sprach Santa zu Wilma und unterbrach damit die Stille.

Sofort mischte sich Silvia ein und fing an zu erzählen:

»Also ich bin noch verheiratet. Aber da läuft schon lange nichts mehr. Mein Mann geht seinen eigenen Weg und ich den meinen. Meine Psychologin hat immer gesagt, es hilft mir persönlich, wenn ich immer offen zu neuen Menschen bin. Der wichtigste Mensch in meinen Leben ist aber immer noch meine Tochter. Sie ist mit einem Australier verheiratet und lebt in Brisbane. Ach ist es da schön, so weite grüne subtropische Vegetationen und die vielen Kängurus. Man muss höllisch aufpassen, dass man nicht versehentlich so ein Beuteltier umrennt. Vielleicht sollten wir mal zusammen dort hinfahren.«

»Ich war schon öfters da«, erwähnte Santa. »Überwiegend im Dezember, beruflich versteht sich. Zu der Zeit ist dort Sommer mit durchschnittlichen Temperaturen von dreißig Grad. Dann fallen auch die meisten Niederschläge, die auch manchmal in Gewitter ausarten und hin und wieder Überschwemmungen mit sich bringen.«

»Im Dezember war ich noch nie da. Aber wie feiern die denn Weihnachten, wenn es so heiß ist?«

»Nun! Die Straßen sind bunt geschmückt, an Eukalyptusbäumen und an Palmen hängen Weihnachtskugeln, Lichterketten und Plastiknikoläuse. Aufblasbare Schneemänner oder Rentiere schmücken die Häuser. Schnee rieselt nicht vom Himmel, sondern aus der Sprühdose. Und während man hier friert, suchen die Australier Abkühlung im Meer.«

Das Essen kam und während Wilma und Santa manierlich das Essen portionsgerecht mit der Gabel auf den Löffel lud und es dann behutsam mit geschlossenem Mund zerkaute, hielt Silvia ihr Besteck so, als ob sie einen Dolch in der Hand hätte. Als ob sie einer nonverbalen Konversation mehr Nachdruck verleihen wollte.

Dabei hörte man nur noch ein schlabbern, schlürfen, schlecken, schmatzen, mampfen, kauen und gurgeln. Naja in Europa fällt man mit solchen Tönen auf, aber in China, dort gehört es zum guten Ton.

Nachdem Santa mit dem Essen fertig war, sich den Mund mit der Papierserviette abwischt hatte, legte er sein Besteck parallel auf den Teller. Ein Zeichen für den Kellner, dass der Teller abgeräumt werden kann. Silvia sah es und kam wieder aus sich heraus.

»Soll ich dein Glas nachfüllen«, fragte sie und versuchte mit einem verheißungsvollen Augenaufschlag erotisch zu wirken.

»Nein danke«, erwiderte Santa.

»Isst du den Reis nicht mehr?«

»Ich bin satt. Wenn du willst, kannst du ihn haben.«

Dabei reichte Santa die Reisschüssel mit dem Porzellanlöffel rüber.

»Brauchst du noch die süßsaure Soße?«

»Nein die kannst du auch noch haben.«

Manche können nie genug kriegen, verschlingen riesige Portionen, sind nach einer Vorsuppe, einer Hauptmahlzeit unter Zuhilfenahme von zwei Portionen Reis und einem extragroßen Dessert gebackenen Bananen mit Honig immer noch nicht satt.

Nach dem Essen besprachen die Mädels gemeinsam aufs Klo zu gehen, um sich die Nase zu pudern, wie man so schön sagt.

Es muss ein genetisch bedingtes Verhaltensmuster sein, das sie immer wieder mit einer Freundin gemeinsam aufs

Klo gehen, wo sie unbeobachtet von der männlichen Gesellschaft ihre geheimen Probleme diskutieren können. Eine geheimnisvolle Kraft, die sie schon im jungen Alter dazu gezwungen hat, nie alleine auf Klo zu gehen.

Wenn man zu zweit geht, kommt man sich auf dem Weg zum Klo nicht so angestarrt vor, da man sich ja meistens noch an diversen Männeraugen vorbeischlängeln muss. Und in so einem Raum sind sie dann unter sich, haben einfach mal Ruhe von den Männern, können sich ein Tampon ausleihen, die Schminke der Freundin benutzen und über die Kerle da draußen plaudern.

Nach geraumer Zeit kam Wilma alleine zurück.

»Entschuldige Santa, dass es alles so läuft. Mein Benehmen ist heute nicht so gut. Ich wollte mit dir reden, aber ich hatte mich nicht getraut und da ist meine Schwester einfach mitgegangen. Santa …, das mit uns …, ich weiß nicht, wie ich dir das sagen soll, ohne das du mir böse wirst …?«

»Was hast du denn auf dem Herzen? Rede frei von der Leber weg und drücke dich ohne Scheu aus.«

»Weißt du Santa, ich mag dich, ich mag dich wirklich, aber …, ich hab mich gestern mit meinem Ex wieder versöhnt. Ich wollte eigentlich nicht kommen, aber meine Schwester meinte, es wäre unfair dir gegenüber, dich einfach hier sitzen zu lassen.«

»Weißt du Wilma, ich erwarte nicht viel von den Menschen, zwinge niemanden mich zu mögen oder zu lieben, doch eins erwarte ich schon: Ehrlichkeit, Offenheit und Charakter und du hattest soeben bewiesen, dass du aufrichtig bist. Danke.«

»Oh Santa, du bist von mir nicht enttäuscht?«

»Nein, wie könnte ich. Um enttäuscht zu werden, muss man erst mal eine Erwartung haben, wie eine bestimmte Situation verläuft oder sich eine bestimmte Person verhalten wird. Wir beide kennen uns zu wenig oder besser gesagt noch gar nicht, um zu wissen, ob wir füreinander bestimmt sind. Eine Enttäuschung kann auch was Positives sein. Man hat jetzt Gewissheit.«

Dabei fiel sie Santa um den Hals und drückte ihn ganz fest. Er spürte, wie ein Lichtstrahl durch die Wolken brach und sie mit einer Erleichterung erfüllte.

»Erzähl mir von ihm«, äußerte sich Santa.

»Ach es lief damals alles so schief. Er hatte sich auf eine Büroaffäre eingelassen, die sich schon lange angebahnt hatte. Als ich davon Wind bekam, hatte ich ihn rausgeschmissen. Er beteuerte, dass es nur ein Abenteuer gewesen wäre. Naja, ich war gekränkt, verzweifelt, misstrauisch, ablehnend, hilflos und verspürte nur Ekel, Wut und Angst. Ich hasste ihn, weil er mich betrogen hatte. Aber er hat sich total geändert. Jetzt ist er ein wirklich toller Kerl und ich habe mich gefragt, ob ich ihm das verzeihen sollte, schließlich liebe ich ihn immer noch.«

»Ja, das tut weh. Aber die Frage, die man sich stellt, ist nicht: "Soll ich ihm das Fremdgehen verzeihen?", sondern: "Möchte ich ihm verzeihen?"«

»Wir haben uns gestern ausgesprochen und ich habe ihm verziehen. Nächste Woche wird er wieder bei mir einziehen.«

»Na, das ist doch schön. Ein Happy End. Ich wünsche dir viel Glück.«

Unterdessen kam auch Silvia wieder, blieb am Tisch stehen, und während sie Santa anschaute, streichelte sie mit ihrer Hand über ihre Hüfte, ließ sie lässig am Beinansatz ruhen und die Finger Richtung Schambein weisen. Dabei erkundigte sie sich:

»Hab ihr euch ausgesprochen?«

»Ja«, seufzte Wilma.

Während Silvia ihren Sitzplatz wieder einnahm, strich sie sich ganz langsam über ihren Hintern, über die Hüfte, am Brustansatz vorbei zum Ohr und dann durchs Haar. Dann nahm sie Santas Hand, streichelte mit dem Daumen über seinen Handrücken und ließ ihre Fantasie verrücktspielen. Ein Schauer übermannte ihn, ein angenehmes Gefühl stellte sich ein, während seine Haare sich zu einer veritablen Gänsehaut aufrichten.

»Ich finde, wir beide passen wunderbar zusammen«, sprach Silvia. »Können wir zu dir gehen? Mein Mann ist nämlich heute zu Hause.«

Bei manchen Frauen muss man Hellseher sein, um deren Flirtsignale zu verstehen. Bei diesem Gespräch ging es auch ohne Telepathie, die Gedanken des Gegenübers zu erahnen. Unter anderen Gegebenheiten hätte man die Avancen verstärkt, doch hier war es besser, das Weite zu suchen.

5. Zeitweilig kommt man sich wie eine Waschmaschine vor, die nach der Garantiezeit zu Bruch geht

Während Santa sich durch die Menschenmenge zwängte, um zum Restaurant zu kommen, begann er sich zu fragen, weswegen sich dieses Lokal so weit von einer Parkanlage befand, wo er ungeachtet in einem Gebüsch hätte landen können. Die einzige Möglichkeit, sein Gespann zu verbergen, war eine Automeile. Eine Ansiedlung von diversen Autohäusern mit Tausenden von Neu- und Gebrauchtfahrzeugen. Mittendrin hatte er sein Schlitten mit den Rentieren abgestellt, in der Hoffnung, dass keiner das Gespann entdeckt.

Am Restaurant angekommen hielt er erst mal Ausschau nach dem Erkennungszeichen und da sah er es. Es war ein Rentier, also hieß die Dame seines Stelldicheins Renate. Um sich die Namen der Frauen zu merken, hatte Santa sich den Weg möglichst einfach gestaltet und die Erkennungszeichen als Gedächtnisstütze zu Hilfe genommen.

Ab einem gewissen Alter hat man leichte kognitive Störungen, Schwierigkeiten sich Dinge zu merken. Das ist nichts Schlimmes, da die Gehirnleistung mit zunehmendem Alter nachlässt. Eine geistige Ermüdung, ein durch das Alter bestimmter Leistungsverlust.

Das hat nichts mit Demenz zu tun, bei der die Gehirnleistung weitaus stärker eingeschränkt ist, als bei einer kognitiven, altersbedingten Störung. Es ist wie bei einer 1,5-Volt-Batterie, wo während der Nutzung als Speicher zur Abgabe von elektrischer Energie, die Spannung immer weiter absinkt und schließlich mit 1,2 Volt als leer gilt.

Santa schaute immer noch zu Renate. Sie war sich darüber im Klaren, dass dies der einzige Ort war, wo man ein anständiges gebratenes Stück Fleisch bekam. Es war ein Steakhaus, ein Restaurant ohne Küche dafür mit offenem Kochbereich und einem Holzkohlegrill.

Man ist hautnah dabei, wenn Speisen zubereitet werden und auch das stilvolle Ambiente gepaart mit dem Charme von etwas Bäuerlichen, ländlichen und rustikalen gab dem Restaurant eine besondere Atmosphäre.

Während der Duft von gegrillten Speisen und von frischgebackenem Brot Santas Sinne auf eine kulinarische Reise schickte, beobachtete er das wilde Treiben in dem Kochbereich. Beständig zügelten sich die Flammenzungen aus der Holzkohle, die darauf wie erschrockene Geister hin und her schwebten, wenn das Fett der Steaks herabtropfte und Berührung mit der Kohle bekam.

Holzkohlegrills sind nichts für Weicheier, dachte sich Santa. Die Glut kann eine Kerntemperatur ähnlich der Sonne erreichen.

Von den Flammen geküsst wird das Grillgut dann würdevoll auf einen Steakteller mit Saftrille serviert.

Santa ging zum Tisch, wo seine Verabredung bereits wartete.

»Hallo ich bin Santa. Bist du Renate?«

»Ja! Schön dich zu sehen.«

»Entschuldige meine Verspätung, aber es war einfach nicht möglich einen Parkplatz in der Nähe zu finden.«

»Das macht nichts«, antwortete sie. »Hier einen Parkplatz zu finden ist schwer, aber warum auch. Es gibt öffentliche Verkehrsmittel. Ich hab mir schon mal was zu trinken bestellt.«

Dabei nahm sie ihr Glas mit den zwei kurzen dicken Strohhalmen und trank die Neige dieses grün-gelblichen Cocktails aus. Im gleichen Augenblick kam auch schon der Keller und stellte ihr ein weiteres Glas hin. Gleichzeitig legte er die Speisekarten vor.

»Darf ich ihnen schon mal was zu trinken bringen«, fragte der Kellner, worauf Renate sich einmischte und meinte:

»Du solltest dir auch so einen Muntermacher bestellen, der schmeckt echt lecker.«

»Was ist denn das für ein Getränk«, fragte Santa den Kellner.

»Das ist eine Caipirinha. Ein brasilianischer Cocktail mit Limetten, braunem Rohrzucker, zerstoßenem Eis und einen ordentlichen Schuss Cachaça.«

»Aha …, und was ist Cachaça?«

»Cachaça ist eine Spirituose aus gebranntem Zuckerrohrsaft mit ca. 48 % Alkohol.«

»Oh …, nein danke, ich muss noch flie …, fla …, äh …, fahren. Ich nehme erst mal ein Wasser.«

Nachdem das Getränk gebracht wurde, hatten sie auch gleich bestellt. Santa ein Roastbeef mit dem typischen Fettrand, mit Kräuterbutter und pikanten hausgemachten Dippsoßen. Sie gegrillte Rinderfiletstreifen mit Papaya-Avocado Salat und einen weiteren Caipirinha.

Santa blickte zur Feuerstelle und beobachtete, wie man das Essen zubereitete. Dabei sah er, wie die Fleischscheiben über die schon abnehmende Glut gegrillt wurden.

»Ob das restliche Feuer die ziemlich üppigen Steaks noch durchbraten würde«, äußerte Santa sein Bedenken, woraus sie antwortete:

»Ach da mach dir mal keine Gedanken. Ich esse mein Fleisch sowieso am liebsten Medium.«

Ja wichtige Argumente sprechen dafür, dass ein Steak Medium gebraten sein sollte, weil es leckerer auf der Zunge zergeht. Ein durchgebratenes Steak wird schneller zäh und kann dann wie Lederschuh schmecken.

Nach dem Essen räumte der Kellner ab. Santa bestellte sich ein weiteres Wasser, sie einen weiteren Caipirinha. Die Gespräche wurden intensiver, er artikulierender, sie eher unverständlicher.

»Was für ein toller Kerl, was für ein toller, toller Kerl du bist«, stammelte sie.

»Danke für das Kompliment, auch du bist eine tolle Frau.«

»Du hast total süße Augen, weißt du das eigentlich?«

»Äh ... Mhm, nein.«

»Und dein Ba-a-a-rt …, ist so schön voll … aber ich glaube, der kitzelt beim Küssen.«

»Äh …, meinst du?«

»Oder nicht?«

»Ich weiß nicht.«

»Ich will dir mal ein Geheimnis verraten. Ich habe meine Unschuld erst mit einundzwanzig an einen zwanzig Jahre älteren Mann verloren und dann hatte ich noch den Fehler gemacht, ihn zu heiraten. Naja, ich war jung und dumm und ich hatte mich einwickeln lassen. Mein Mann entpuppte sich als Nichtsnutz, der nicht nur sein eigenes Geld verprasste, sondern auch meins, sodass ich völlig abgebrannt aus der Ehe ausgestiegen bin. Aber jetzt fünf Jahre nach der Scheidung, läuft alles wieder gut, habe einen Job, eine kleine nette Wohnung. Es fehlt nur noch die neue Liebe.«

»Auch die wirst du noch finden. Davon bin ich überzeugt.«

»Sucht du vielleicht eine Freundin?«, fragte sie daraufhin lallend. »Ich könnte dir dabei helfen.«

Santa dachte über diese Worte nach und überlegte, ob er vielleicht doch den falschen Tisch erwischt hatte. Vorsichtig schaute er sich um, doch nirgends saß eine Person allein am Tisch. Dann blickte er auf das

Ross, auf das Rentier, das seine Stellung auf dem Tisch bezogen hatte. Es thronte immer noch an der gleichen Stelle und war ein Indiz dafür, dass hier ein persönliches Treffen zweier Single stattfinden sollte, um sich näher kennenzulernen.

»Ach du bist so süß«, unterbrach sie schlagartig Santas Gedankenzüge. »Bist du eigentlich verheiratet?«

»Äh … ich …? Nein bin ich nicht. Ich hatte mich bei einer Singlebörse angemeldet und habe mich hier mit einer Frau verabredet, damit wir uns näher kennenlernen, um festzustellen, ob eventuell ein gemeinsames Interesse besteht.«

»Ach du bist auch bei einer Singlebörse? … ich auch! … und heute hab ich ein Date. Ich sollte als Erkennungszeichen so ein Stofftier dabei haben.«

Dabei nahm sie das Rentier in die Hand und betrachtete es von allen Seiten. Unzufrieden stellte sie es wieder an seinen Platz zurück und fügte noch hinzu:

»Ich glaube, er hat das Date mit mir vergessen.«

»Nein das hat er nicht. Ich bin es, mit dem du verabredet bist.«

»Du …? Du bist mein Date …? Wie heißt du denn?«

»Ich heiße Santa.«

»Atlanta?«

»Nein San-ta. Du erinnerst dich doch an die Mails, die wir uns zusandten.«

»Ach das warst du …? Wie süüüß … ich finde es hier langweilig. Wollen wir woanders hingehen?«

»Das können wir machen.«

»Okay, dann Abflug! Übernimmst du die Rechnung? Ich bin nicht reich genug, um mit der Rechnung über einen Salat und einen Muntermacher diese Örtlichkeit aufkaufen zu können.«

Santa rief den Kellner, bezahlte die Rechnung und stand dann auf, um Renate beim Aufstehen behilflich zu sein. Freudestrahlend erhob sie sich, stützte sich auf seinem Arm und bettete ihren Kopf an seine Schulter.

»Du hast Muskeln wie ein Schwerathlet. Da fühlt man sofort, dass bei dir immer gleich die Post abgeht«, sprach sie ein wenig unverständlich.

Dabei pustete sie ihm ihren alkoholgeschwängerten Atem ins Gesicht und fuhr weiter fort:

»Oh du bist so süß, bist so ein toller, toller Mann. Hast du schon eine Freundin?«

»Nein habe ich nicht.«

»Warum nicht?«

»Ich suche nach einer aufrichtigen und ehrlichen Partnerin, hatte gedacht ich würde sie hier finden.«

Leicht torkelnd verließen sie das Restaurant und standen augenblicklich grübelnd am Straßenrand. Es war dunkel. In den umliegenden Wohnungen strahlte die Helligkeit durch die Fenster. Ampeln wechselten schnell von Grün auf Rot, wenn man ihnen näherkam. Straßenlaternen waren eingeschaltet und beleuchteten die Fußwege. Nur wenige Fahrzeuge waren noch unterwegs, dessen Scheinwerferlicht anfingen zu blenden.

»Ich finde das cool, das wir uns hier getroffen haben«, erwähnte sie und nach dem sie sich umgesehen hatte, bemerkte sie:

»Da drüben steht, mein Auto. Willst du fahren?«

»Oh ich kann nicht. Ich hab keinen Führerschein.«

»Aber du hattest doch gesagt, dass du einen Parkplatz gesucht hattest.«

»Ja für meinen Schlitten.«

»Hast du Huskys?«

»Nein Rentiere!«

An dem Gesichtsausdruck von Renate war zu erkennen, dass sie diese Antwort als völlig daneben und unglaubwürdig empfand. Oder sollte die Antwort zu einer Belustigung führen?

»Bist du betrunken?«, fragte sie etwas echauffiert.

»Nein, ich habe kein Alkohol zu mir genommen.«

»Irgendwie bist du süß. Wollen wir zu mir fahren?«

»Nein! Ich rufe dir jetzt ein Taxi, die wird dich dann nach Hause fahren.«

»Och du bist ein Spielverderber!«

Den zweiten Drink hatte sie bereits bekommen, wie Santa ankam, dann einen zum Essen, zwei als Nachtisch, einen als sogenannten Absacker und plötzlich hat man eine Betrunkene an der Backe. Bei dem Alkoholpegel sind weitere Gespräche unmöglich, da sie meistens mit einem Blackout enden.

So rief er ihr ein Taxi und ließ sie nach Hause bringen, nicht dass sie sich auf dem Nachhauseweg am nächsten Tag im Straßengraben wiederfindet oder gar bei wildfremden Menschen.

Danach machte er sich auf den Weg zur Automeile, um sich selber auf den Heimweg zu machen. Ein anstrengender Tag ging zu Ende, ein Tag, der auch zu einer Belastung führen kann, auch bekannt unter dem so oft gebräuchlichen Begriff "Stress". Auch so eine zwischenmenschliche Beziehung wie heute kann anstrengend sein und Stresssymptome hervorrufen.

Santa fielen schon auf der Rückfahrt die Augen zu und kaum Zuhause angekommen, legte er sich gleich ins Bett und schlief vor Erschöpfung ein. Er kam sich vor wie die Haltbarkeit eine Waschmaschine, die nach der Garantiezeit zu Bruch ging.

6. Es war ein Date, wie, als wenn man unterm Teppich Fahrrad fahren würde

Am nächsten Morgen riss ein Klopfen Santa aus dem Schlaf. Etwas griesgrämig warf er sich den Hausmantel über, ging zur Tür und öffnete sie flugs. Einige Sekunden stand er im Türrahmen und überlegte.

Er hatte gedacht, dass Melvin ihn in seinem nächtlichen Schlaf stören würde, doch seine Ernüchterung wächst, als er bemerkte, dass es nicht der Office Commander war, der da vor der Tür steht, sondern dass es eine Schönheit war, die ihm ein Lächeln schenkte, sein Glück erfüllte und sein Herz wie eine Nähmaschine rattern ließ.

»Guten Morgen Santa«, sprach diese sanfte Stimme und sein Ohr vernahm sie wie zarte Geigenklänge. »Hier dein Kaffee …, mit wenig Zucker …, aber viel Sahne.«

Es war Elfe Elif, dieses wunderbare Geschöpf, dass Santa schon immer mit ihrem Augenaufschlag den Kopf verdreht hatte. Sie unterscheidet sich von den anderen Elfen und Wichtel dadurch, dass sie eine ganze Kopflänge größer war, als ihre Kollegen und Kolleginnen. Aber warum? Sie ist die Einzige, die in einem Pulk mit ihren Artgenossen wie eine einzelne Blume auf einer grünen Wiese herausschaut.

Niemanden störte es, dass man zu ihr aufsehen musste, während sie zu der Männerwelt herab sah.

Aber da die Größe relativ ist, kann auch eine große Frau klein sein und auch einer großen Frau kann man den Boden unter den Füßen wegziehen, dann spielt in der horizontalen Lage die Größe kaum noch eine Rolle.

Es gibt auch Vorteile, hochgewachsen zu sein. Zwar kann der Liebste seine Angebetete nicht mal so eben hochheben und auf Bett schmeißen, aber dafür kann sie ohne Hilfestellung ins oberste Regalfach greifen und braucht dafür nicht mal die Beine optisch zu strecken.

Egal wie groß man ist, es heißt immer: Nicht die Schultern hochziehen oder den Rücken krümmen um kleiner zu wirken, sondern immer darauf zu achten, dass man gerade läuft. Dann wirkt es viel eleganter und schlanker.

Bisher ist ihm das offensichtlich nie aufgefallen, denn gerade wenn man immer mit den gleichen Leuten zu tun hat, bemerkt man die Unterschiede und Veränderungen gar nicht, da sie sich augenscheinlich unbemerkt einschleichen. Für den Umgang mit einer Veränderung spielt es keine Rolle, ob wir uns freiwillig verändern oder uns von den Lebensumständen zu einer Veränderung hinreißen lassen.

Doch für Santas Größe, für seine menschliche Größe wiederum hatte Elif ein typisches Attraktivitätsmerkmal, was das Beschützer-Ego auslösen könnte, nämlich etwas kleiner als Santa zu sein und dadurch niedlich und süß zu wirken.

Ihren ersten passenden Freund zu finden, war gar nicht so einfach für Elfe Elif. Es glich eher der Mission Impossible. Doch auch Tom Cruise hat seine körperlich überdurchschnittliche Katie Holmes gefunden sowie auch Michael J. Fox seine große Tracy Pollan, Claudia Schiffer ihren figurativ unterdurchschnittlichen Matthew Vaugn, Nicolas Sarkozy seine ansehnliche Carla Bruni. In der Liebe sollte das Aussehen oder die Größe nicht im Vordergrund stehen, sondern der Charakter.

Viele Männer haben zwar keine Angst, sondern zu viel Respekt. Große Frauen wirken selbstbewusst, sind fast auf Augenhöhe und wirken nicht wie kleine Mädchen, die beim Anpusten umfallen. Doch mit einer größeren Frau auf Augenhöhe gegenüberzustehen, kann auf einer Treppe einen sehr charmanten Effekt ergeben.

»Danke mein Kind«, antwortete Santa auf Elif ihren Hinweis betreffs des Kaffees, nahm den Becher und nippte daran. »Wie komme ich zu der Ehre, dass du mich in aller Herrgottsfrühe aus dem Bett klingelst, mich aus meinen Träumen reißt und ich aufstehen musste?«

»Office Commander Melvin meinte, ich solle um Punkt zwölf Uhr an deiner Tür klingeln, damit du nicht den ganzen Tag verschläfst.«

»Ich kann mich gar nicht daran erinnern, überhaupt eingeschlafen zu sein. Ist es wirklich schon zwölf Uhr?«

Schockiert schaute Santa auf die Uhr an seinem Handgelenk und musste frustriert feststellen, dass er gar keine Uhr umhatte.

»Oh«, bemerkte er. »Sie liegt im Badezimmer auf dem Rand des Waschbeckens. ... Sie ist wasserdicht.«

Elfe Elif schaute stattdessen auf ihre Armbanduhr und erwähnte:

»Es ist bereits zehn nach zwölf.«

»Danke mein Kind. Wie ist Melvin heute drauf?«

»Ach er sieht ganz entspannt aus.«

»Okay dann sag ihm Bescheid, dass ich wach bin und er vorbeikommen kann, aber im Schneckentempo.«

»Das mach ich doch gern.«

Daraufhin verschwand Elfe Elif. Leise schloss Santa die Tür hinter sich und ging ins Wohnzimmer. Er setzte sich seitlich auf einen Stuhl, warf seinen Arm lässig über die Stuhllehne und zupfte mit den Fingern an den Sprossen der Rückenlehne, als wenn es eine Harfe wäre. Vielen Eltern ist es der Wunsch ihrem Kind ein unproblematisches Herankommen an ein Instrument zu ermöglichen, unter anderem an einer fragilen, sperrigen, äußerst schwer zu transportierenden Harfe. Doch spätestens nach dem ersten Transport stellten sie dann fest, dass eine Blockflöte doch viel schöner klingt.

Santa saß immer noch da, knabberte gedankenversunken auf seinen Lippen und dachte über den gestrigen Tag nach. Obwohl es ein betrübter Tag war, könnte er dennoch Luftsprünge machen, da der Tage mal etwas Abwechslung in seinem tristen gebracht hatte und irgendwie war er auch lustig.

Es klopfte wieder an der Tür. Santa öffnete und Melvin stand davor.

»Guten Morgen Santa«, sprach er, trat vor und ging an Santa vorbei in die Wohnung. Santa blickte ihm nach und sprach:

»Ja einen guten Morgen wünsche ich dir auch. Tritt doch herein, ach du bist schon drin.«

Schnurstracks ging Melvin ins Wohnzimmer, setzte sich und erwartete nun, dass über den gestrigen Tag ausführlich Bericht abgelegt wird.

»Du siehst etwas niedergeschlagen aus«, bemerkte er.

»Nun, der gestrige Abend war abwechslungsreich, erfüllte aber nicht seinen Zweck. Die Damen waren sehr liebevoll und nett, aber nicht wirklich interessiert. Gleich morgens wurde von Christel andeutungsweise offeriert, dass sie zu einer festen Beziehung eher passiv eingestellt sei. Vielmehr war sie auf der Suche nach einer erotischen Anziehungskraft um es mal ordentlich krachen zu lassen und um zumindest für einen Augenblick die Entdeckung der Liebe am eigenen Körper zu vergessen. Einfach mal nicht sein eigenes Süppchen zu kochen, wenn du verstehst, was ich meine.«

»Ich verstehe. Es ist wie im Einzelhandel, statt dass man die gewünschte Ware über den Tresen gereicht bekommt, muss man sie selbst im Geschenkelager zusammensuchen.«

»Hä?«

»Manche lassen sich eben beim Flirten gleich vom Hormonrausch vernebeln, andere stürzen sich gleich in eine wilde Online-Romanze«, erwähnte Melvin. »Aber lassen wir es. Kommen wir zurück zu deinen Dates. Wie lief es mit den anderen?«

Tausende Singles sind auf der Suche nach dem Traumpartner. Viele suchen die große Liebe, andere private Kontakte für ein Abenteuer. So kann ein Date schon sehr lustig enden oder auch sehr früh, besonders dann, wenn man rechtzeitig die Flucht ergreift.

»Nicht viel anders«, erzählte Santa dann weiter. »Mittags hatte ich mich mit Wilma in einem chinesischen Restaurant verabredet. Da das vorige Date ein vorzeitiges Ende nahm, war ich viel zu früh beim nächsten Treffpunkt.

Ich saß am Tisch und wartete. Dann kam eine Frau, die auch eine Verabredung hatte, sich allerdings erheblich verspätet hatte. Als ich sie darauf hinwies, dass ich nicht ihr Date sein, dass sie mich verwechseln würde, hätte sie mir am liebsten eine Torte ins Gesicht geworfen oder ein Messer in die Brust nach dem Motto: Du hast versagt, stirb wie ein Samurai.«

»Wow, scheint ja ein sehr theatralischer Moment gewesen zu sein.«

»Naja, ein paar Minuten später kam dann eine Frau herein, elegant, apart, mondän, einfach eine tolle Erscheinung.«

»Und das war sie, deine persönliche Traumfrau, so wie du sie dir vorgestellt hast.«

»Naja, nicht so ganz. Sie hatte zwar einen guten Charakter und strahlte auch Wärme aus, doch sie kam nicht alleine. Sie hatte ihre Schwester als Verstärkung mitgebracht, die sie seelisch unterstützen sollte. Grund war mir mitzuteilen, dass sie sich vorstellen könnte, noch einmal Leidenschaft für ihren Ex zu empfinden, einfach mal einen zweiten Anlauf zu nehmen und sich mit ihm auszusprechen. Auf ihre damalige schwere Trennung erfolgte daraufhin eine tränenreiche Versöhnung, ein Neuanfang, ein unerwartetes Liebes-Comeback und dem habe ich natürlich nichts entgegenzuwirken.«

»O-kay. Und was war mit ihrer Schwester? Wäre das nichts gewesen?«

»Sie wirkte eher abschreckend als anziehend auf mich. Außerdem war sie verheiratet, was sie aber nicht störte, mich darauf anzusprechen, ob wir nicht zu mir nach Hause fahren könnten.«

»Das hast du doch nicht erlaubt …, oder?«, fragte Melvin etwas destruktiv.

»Siehst du sie hier irgendwo? Nein, sie hatte es gewollt, es geplant und wollte es auch einfach passieren lassen. Wahrscheinlich brauchte sie Wertschätzung und Nähe, weil ihre Beziehung funktional geworden ist, aber ich stehe nicht auf Egoismus.«

»Hm, okay war also auch nur ein Flop. Und was war mit Dame Nummer drei?«

»Das Restaurant war auserlesen, die Speisen vorzüglich. Ein ganz anmutiges Steakhaus hatte sie da ausgesucht. Sie hatte schon den zweiten Drink bestellt, als ich ein paar Minuten zu spät ankam, kannte den Kellner beim Namen und nicht nur den. In der ganzen Zeit, wo wir uns dort gegenübersaßen, hatten gefühlte zwanzig gut aussehende Männer ihr zugezwinkert, Luftküsschen geworfen und sie mit Kleinbubenblicken bombardiert.

Zuerst fand ich das ganz amüsant, weil sie ja eine offensichtlich begehrte Frau war, doch nach dem fünften, sechsten Mal findet man solche Buhlerei etwas übertrieben und alles darüber hinaus schreit förmlich nach einer nicht gerade ehrenwerten Frau. Naja und irgendwann war sie so betrunken, dass ich sie in ein Taxi setzte, um sie nach Hause bringen zu lassen.«

»Also mit anderen Worten: Du bist unterm Teppich Fahrrad gefahren.«

»Wenn du es so nennen willst.«

Die erotische Anziehungskraft zweier Menschen, die sich gar nicht oder kaum kennen, kann zwar wie aus dem Nichts entstehen, aber ebenso auch gleich wieder zerbrechen. Ein falsches Wort, eine unpassende Bemerkung, und schon kann der ganze Zauber vorbei sein.

»Und wie geht es jetzt weiter?«, fragte Santa.

»Ja, wie geht es weiter? Ne' Casting-Show im Fernsehen? Vielleicht "Bauer sucht Frau"? Doch da sind die Hauptentscheidungskriterien kräftige Oberarme, ein gesundes Gebiss, volles Haar und eine Farm mit entweder Landwirtschaft oder Tierhaltung. Aber so was hast du nicht.«

»Naja … Ackerbau auf ständig gefrorenen Boden …, aber dafür haben wir Tierhaltung.«

»Du meinst doch nicht etwa die acht PS, die im Stall stehen?«

»Neun! Mit Rudolph neun und mit Robbie, seinem Sohn sogar neun ein halb.«

»Ja und mit dem Hund, der bei den Rentieren schläft und glaubt selbst ein Rentier zu sein womöglich zehn, oder?«

»Hm ... fast?«

»Hallo kapieren wie noch irgendetwas?«

Dabei imitierte er die Scheibenwischergeste, in dem er mit einer Hand vor seinem Gesicht hin und her wedelte. Eine nonverbale Mitteilung, dass man gerötete, verquollene Augen hat, dass man übernächtigt ist oder dass die Augen entzündet sind. Oder vielleicht doch was anderes? Egal! Melvin fuhr dann weiter fort:

»Ja und bei "Schwiegertochter gesucht", da leben die Männer noch bei ihren Eltern, daher auch der Name "Schwiegertochter gesucht". Sie sollen letztendlich bei der Entscheidung der Herzensdame mitwirken. Voraussetzung dazu ist eine ausgezeichnete Eltern-Kind-Beziehung. Aber du mit deiner entwurzelten Beziehung, mit wem willst du über derartige Entscheidungen diskutieren?«

Ja Santa hatte seine Eltern früh verloren. Er hatte sich gerade mit den Gepflogenheiten als Weihnachtsmann vertraut gemacht, seine Haare einfärben lassen und sich einen Bart wachsen lassen, als er das erste Mal Father Christmas am Heiligabend vertreten sollte.

Bisher war er nur eine Art Praktikant gewesen, ein Lehrling, der mitflog, um sich die Integration ins harte Leben als zukünftigen Weihnachtsmann zu erkämpfen und um sich an die Aufgaben als Geschenkebringer zu gewöhnen.

Seine Eltern wollten an jenem Jahr das Fest der Liebe dazu nutzen, ihre Flitterwochen nach fünfundzwanzig Jahren Ehe nachzuholen und sich auf den Spuren von Hannibals Alpenüberquerung zu bewegen.

Doch dabei erlebten sie einen schweren Schicksalsschlag, als sie bei einer Geschwindigkeit von 7 km/h von ihrem Freizeitschlitten gerissen wurden, daraufhin ohne Schutzbekleidung den Berg herunter rutschten und letztendlich gegen eine Tanne knallten. Die Ärzte bezweifelten damals, ob sie nach diesem schweren Unfall, wobei sie sich leichte Schürfwunden hinzugezogen hatte, je wieder die Alten werden würde. Symptome von innerlichen Verletzungen ließen sie eines Tages vor das Jüngste Gericht treten.

»Next, please«, sprach dann Melvin weiter. »Next please wäre noch eine Möglichkeit oder Bachelorette, wo gleich zwanzig männliche Single-Kandidaten auf einem Silbertablett serviert werden und sie aus dieser Horde ihren Mr. Right aussucht.

Es sind allesamt attraktive Kerle, meist gut durchtrainiert, häufig gewitzt und vereinzelnd auch sehr charmant.«

»Hä, hä, hört sich eher so an, als wenn man mithilfe eines einzelnen Weibchens ein ganzes Rudel Männchen anlocken will, um die Paarungswilligkeit des Einzelnen zu testen.«

»Hm, mehr eine Balz. Eine Balz, wo liebeshungrigen Männern bei intensiven Gesprächen, prickelnden Dates, abenteuerlichen Ausflügen, heißen Küssen und jede Menge Gefühlen der Kopf verdreht wird.«

»Und nun?«

»Und nun? Ich muss nachdenken. Vielleicht lässt sich das Problem mit ein bisschen Grips lösen.«

Es wurde still. Ein guter Moment zum Nachdenken, um die Vergangenheit Revue passieren zu lassen, den Augenblick zu spüren und von der Zukunft zu träumen. Beide saßen da und es war Melvin, der sich mehr Gedanken um Santas Zukunft machte, als Santa selber. Wenn man über die Zukunft nachdenkt, wird die Vergangenheit nie in Vergessenheit geraten.

Elfe Elif schoss ihn wieder durch den Kopf. Wie kommt es, dass eine einzelne Elfe so von der Norm abweicht, dass sie so groß gewachsen ist. Ein Gen-Defekt? Eine Mutation? Oder wurde sie als Kind mit zu viel gentechnisch veränderten Mais gefüttert oder mit transgenem Lachs, um groß und stark zu werden?

Man behauptet ja, dass der Mensch allerlei Gendefekte in sich trägt, die den Körper beeinträchtigen und in manchen Fällen Krankheiten auslösen können, die die Gesundheit also negativ beeinflussen. Da ein Embryo die Hälfte der Gene von dem Vater erhält und die andere Hälfte von der Mutter, werden auch Defekte weitergegeben. So kommt es vor, dass ein Gen-Defekt, der ein Herzinfarkt verursachen kann, vom Vater auf den Sohn und weiter an den Enkel gegeben wird und in jeder Generation zu einer Erkrankung führen kann.

Aber Elfe Elif ist doch kein Mensch. Sie gehört zur Familie der liebenswerten Wichtel und zauberhaften Elfen. Elfen sind freundliche Wesen, zwar mit einer kindlichen Ausstrahlung, oftmals auch ein wenig übermütig, aber immer wieder zu einem Schabernack bereit.

Fortan ist sie wie eine Fee, strahlt Licht, Leichtigkeit, Heiterkeit, Schönheit, Anmut und ewige Jugend aus. Sie verschenkt Glück und durchbricht das Einerlei des menschlichen Daseins. Elfen sind klein, gleichen sich fast mit dem Kleinwuchs, mit den Menschen die über eine geringere Körperwachstumslänge verfügen.

Oder ist sie doch ein Mensch. Man sagt, ein Mensch hat ein Gehirn, doch dann müssten Vögel, Fische, Reptilien und alle anderen Säugetiere auch Menschen sein, denn auch sie verfügen über ein Gehirn. Andere sind der Ansicht, dass ein Mensch ein bestimmtes Aussehen hat, unter anderem zwei Arme und zwei Beine. Doch, was ist mit jenen, die ihre Gliedmaßen durch Unfall oder durch Krankheit verloren haben oder gar so geboren sind. Sind das dann keine Menschen mehr?

Auch Wichtel und Elfen verfügen über ein Gehirn sowie über Arme und Beine und dennoch gehören sie nicht zu den höheren Säugetieren aus der Ordnung der Primaten. Eigentlich existieren sie nur in der Fantasiewelt der Kinder, in einer Welt, wo sie sich selbst im Zauberspiegel sehen – oder etwa nicht?

Einige von ihnen sind heimlich unterwegs, beobachten unter anderem die Kinder und die Eltern und schreiben dem Weihnachtsmann auf, wer artig gewesen ist und Geschenke bekommt. Oft passiert es, dass man sie sieht, das sich ein Zweig leicht bewegt oder etwas hinter dem Fenster oder dem Vorhang vorbeihuscht.

Die Meisten aber sind in der Weihnachtsmannfabrik beschäftigt, um Spielsachen zu fabrizieren. Ein kleiner Teil ist für die Ställe zuständig, für die acht bis zehn PS, ein anderer Teil ist als Guardian Angel für die Sicherheit der ganzen Anlage zuständig.

Doch, was ist Elif nun wirklich?

7. Viele Wege führen nach Rom, doch nur einer zu Santa

Melvin saß immer noch grübelnd da. Er dachte über das Leben nach und machte sich Sorgen um die Zukunft. Man wird nicht jünger, hatte er immer wieder erwähnt und schließlich auch bei Santa die ersten Verschleißerscheinungen festgestellt. Nun Santa ist schließlich ein Mensch und kein Elf oder Wichtel, der aus der Kette der Ewigkeit stammt und somit nicht unsterblich ist.

Als Mensch muss man für die Evolution mit der Fortpflanzung sorgen, denn nur so können Menschen sich neu entwickeln, sich an veränderte Umweltbedingungen anpassen und langfristig überleben und genauso muss es ein Entwicklungsgang für Santa Claus geben.

Ein langfristiges Weiterleben ohne diese Reproduktion wäre evolutionär kaum denkbar. Wie trostlos wäre die Welt, gäbe es keinen Weihnachtsmann mehr, keinen Santa Claus. Wer soll dann den braven Kindern die Geschenke bringen? Und Weihnachten ohne Santa? Kaum vorstellbar. Das außerirdische Licht, mit dem die Kindheit die Welt erleuchtet, würde verlöschen.

Und deshalb hat Melvin es sich zu Aufgabe gemacht dafür zu sorgen, dass die Merkmale der geheimen Identität von

Generation zu Generation an die männlichen Nachkommen weitergegeben werden, damit die Weihnachtsmanndynastie nicht ausstirbt.

Bisher hatte Santa in seinem Haushalt die Oberhand gehabt. Doch das soll sich nun ändern. Mit weiblicher Unterstützung soll sein phlegmatischer Haushalt in einen Power-Haushalt verwandelt werden, indem sein Nachwuchs die Welt entdeckt, die ersten Gehversuche unternimmt, und lernt wie ein Mensch unter Elfen und Wichteln zu leben.

Dazu die passende Frau zu finden, sind die Gedanken, die Melvin beschäftigen. Speed Dating und Singlebörse haben sich als verwerflich entwickelt. Real Life Dating ist angesagt. Sport wäre eine Möglichkeit, um Frauen kennenzulernen. Doch unter Sport versteht unser aktiver Passivsportler Santa nur den Breitensport, der mit einem tiefen Atemzug beginnt, in dessen Verlauf der Mund weit geöffnet wird und der mit dem Schließen des Mundes bei gleichzeitiger Ausatmung endet: mit dem Gähnen. Lieber Asphalt-Surfen als Elfmeter laufen. Lieber bewegungsarm als Tennisarm. Das sind so die Einflechtungen unseres Schornsteinkriechers.

Melvin war dabei darzulegen, wie man seine Chancen wahrnehmen muss, um in der Frauenwelt zu überstehen, wie man es vielleicht anderen einfacher machen könnte, um gefunden zu werden und das man abendfüllender ist, als Florian Silbereisen unterhaltsam.

Santa hingegen war mit seinen Gedanken ganz woanders. Er sah sich mit Rudolph durch die Lüfte galoppieren, war auf Entdeckungsreise und verschaffte sich einen Überblick aus der Vogelperspektive. Wie man mit einem Rentier umgeht, das hat Santa von Kind auf an, gelernt.

Dabei gibt es unzählige Varianten, wie man sich mit einem Reittier bewegt, wie zum Beispiel das Dressurreiten, das Springreiten, das Westernreiten oder wie Santa seine Art des Reitens immer nannte: das Riding through the Air, das Reiten durch die Lüfte und dabei summte er immer:

Flying through the Air
Side by side, we do ... bend and climb
Flying through the air so free
Feel them left behind ... below us.
Woh-oh-oh ... oh-oh ...
Woh-oh-oh ... oh-oh ...
Woh-oh-oh ... oh-oh ... oh-oh ...

Man braucht schon eine besondere Qualifikation, eine fundierte Ausbildung, um sattellos ohne Gerte und Sporen auf Rudolph zu reiten und um seine ganz persönlichen reiterlichen Ziele zu erreichen.

Die Verständigung zwischen Reiter und Rentier ist ein ständiger Lernprozess. Da reicht eine ausgeprägte Stimme, die "Yahoo" oder "Yippy-Ay-Yeah" schreit, nicht aus.

Santa bewegt sich über weite Landschaften und Gewässer und verspürte dabei das Gefühl der Freiheit, der Ungebundenheit und der Unabhängigkeit. Dann kam er einer Kleinstadt näher.

Ein Straßencafé nahe einem Park hatte bereits bei dem heutigen sonnigen Wetter die Stühle herausgestellt und einige attraktive Frauen in luftigen Kleidern wanderten unbeschwert daran vorbei.

An einem der Tische saß eine Frau und war in einem Buch vertieft. In Bruchteilen von einer Sekunde hatte Santa alle wichtigen Details von ihr erfasst. Sie war allein, erwartete niemand, da ihr gerade die zweite Tasse Kaffee gebracht wurde. Sie ist um einige Jahre jünger als Santa und hat eine traumhafte Figur, die schön geformt und sexy war.

Im naheliegenden Park drehte er bei, versteckte Rudolph im dichten Dickicht und beeilte sich, zu dem Café zu kommen. Frühlingszeit dachte sich Santa, Frühlingszeit ist Café-Flirt-Zeit.

Sie war noch da. Santa kontrollierte, ob seine Kleidung richtig saß, roch an seinem

Atem, und während er zu dem Café ging, malte er sich schon mal den Verlauf des Kennenlernens aus.

Er nahm an einen der zahlreichen, unbesetzten Tische platz, streifte mit seinem Blick über ihre Hände und stellte fest, dass sie keinen Ring trug. Heutzutage hat das nicht mehr allzu viel zu bedeuten. Aber für Santa besiegelt so ein Ring nicht nur eine besondere Liebe, er bestärkt auch ein gegenseitiges Versprechen der Treue. Durch die runde Form stellt er kein Ende dar und ähnelt so dem Symbol für Unendlichkeit, dem Ausdruck der Ewigkeit.

Dann studierte er die Speisekarte. Eine Karte, die schon beim Durchsehen Appetit anregte. Duftender Kaffee in den verschiedensten Arten, Torten und Kuchen aus eigener Herstellung, frisch belegte Brötchen und Frühstück-Menüs für den kleinen Geschmack bis hin zum großen Hunger sowie das Sektfrühstück zu zweit.

Ja so ein Sektfrühstück im Bett wäre schon was Schönes, dachte er sich. Den Tag mit einem besonderen Genuss beginnen und das Frühstück zu einem Fest machen, das bis in den Nachmittag reichen kann. Anschließend eine Massage, gemeinsames Duschen und eine Schneeballschlacht bei Mondschein.

Über den Rand der Speisekarte hinweg sah er, wie die Dame entspannt zurückgelehnt im Stuhl saß, sich immer wieder durch Haar strich und dabei eine Seite ihres Buches nach der anderen förmlich verschlang.

Der Kellner kam und fragte:

»Was darf es sein?«

Santa legte die Speisekarte zu Seite und bestellte sich einen Kaffee, so wie er ihn immer trinkt, schwarz, stark, kolumbianisch, mit wenig Zucker aber viel Sahne.

Der Kellner verschwand und Santa versuchte der Dame in seinem Blickfeld fest in die Augen zu schauen, sie zu hypnotisieren, sie auf ihn aufmerksam zu machen.

Manchmal kann ein kurzer verstohlener Blick schon ausreichen, um jemanden zum Schmelzen zu bringen. Andere benötigen dagegen einen offensiveren Blickkontakt. Der Blickkontakt ist immer das i-Tüpfelchen bei einer Annäherung.

Santa ließ seinen Blick nicht von ihr ab und das bemerkte sie. Dabei goss sie sich Sahne in den Kaffee, eine mögliche Handlung um eine Verlegenheit zu überbrücken. Wäre sie Raucherin, hätte sie sich eine Zigarette angezündet, um sich Zeit zu verschaffen, die Situation zu bewerten.

Der Puls fing an schneller zu schlagen, als sie einen kurzen Blick zu Santa warf und dabei ihre Tasse nahm und daran nippte. Verwirrt schaute er zur Seite, wobei sein Puls nochmals einige Schläge zunahm. Dann las sie in ihrem Buch weiter.

Gefahrlos warf Santa einen weiteren Blick ihr zu, stütze dabei leicht mit der Hand sein Kinn ab und versuchte so nachdenklich zu wirken. Es sollte schließlich nicht so aussehen, als würde er sie fixieren. Sie spürte seinen Blick und schaute abermals über den Buchrand zu ihm rüber, wobei sie ein wenig den Mundwinkel dabei verzog. Es sollte ein Lächeln werden, kein übertriebenes, mehr ein angedeutetes, dachte sich Santa und war der Meinung, dass es jetzt ein Kinderspiel sei, sie anzusprechen. So entschied er sich für eine etwas nüchterne Einleitung:

»Entschuldigen sie bitte, können sie mir sagen, wie spät es ist?«

Ein Lächeln erblühte auf ihren Lippen und statt einer Antwort winkte sie ihn mit einer zarten Handbewegung zu sich an den Tisch.

Santa war außer sich vor Freude. Der vor allem entscheidende Freudensaft zum Aufbau der Glücksgefühle Dopamin - in

Verbindung mit Noradrenalin und Endorphine – spielte hier eine zentrale Hauptrolle. Aber auch das Serotonin ist maßgeblich für die Steuerung oder Beeinflussung der Wahrnehmung sowie für das Ankurbeln der Hochstimmungen. Alle diese Hormone, welche die Natur in Millionen von Jahren zusammengebraut hatte, jubelten ihm nun zu und im Rausch der Glücksgefühle ging er mit festen Schritten auf ihren Tisch zu.

Sie winkte ihm direkt an ihre Seite, um ihm was ins Ohr zu flüstern. Welch Vertrautheit dachte sich Santa, welch unerwarteter Umgang, ihn nicht als Fremder zu empfinden. Santa sah sich als Sieger, schnupperte bereits am Duft des Erfolges, trank bereits aus der Siegertrophäe.

Es war, als wenn man auf einer Wolke Trampolin springt oder an einem wunderschönen Sommertag, einen Regenbogen erklimmt und ihn dann herunterrutscht.

Langsam beugte er sich vor, roch ihr Parfüm, das anziehend war und seine Sinne beflügelte, spürte ihren Atem, der warm und weich war. Das Licht schien durch ihr langes mahagonifarbenes Haar und brachte den Glanz von innen zum Leuchten. Es war vergleichbar mit der strahlenden

Farbreflexion von geschliffenem Marmor, auf den das Sonnenlicht traf.

Mit einem strahlenden Lächeln flüsterte sie:

»Sind sie ein Pick-Up-Artist, der Frauen jagt und erledigt? Ein Frauenaufreißer mit flotten Sprüchen und geistesarmen Haushalt? Ein Proll, ein Charmeur, ein Verführer, ein arrogantes Arschloch der alles angräbt, was nicht bei drei auf den Bäumen ist? Können sie ganz schnell auf das Dach eines Hochhauses gehen und runter springen? Schießen sie sich doch eine Kugel in den Kopf oder nehmen sie ein Küchenmesser und springen da hinein. Ihre plumpen Annäherungsversuche können sie sich sonst wo hinstecken, und wenn sie nicht wissen, wo das ist, dann zeige ich ihnen gerne den Weg. Alles klar? Dann machen sie's gut und F ... sie sich ins Knie!«

Mit einem empörenden Gesichtsausdruck aber mit erhobenem Haupt ging Santa zu seinem Tisch zurück, nahm eine andere Sitzrichtung ein und dachte über die Worte nach, die ihm soeben an den Kopf geschmissen wurden. Gleichzeitig kam der Kellner, brachte den Kaffee und plötzlich hörte Santa die seidige sanfte Stimme geschliffener Saiten einer Gitarre, die mit klaren liebevollen Worten zu ihm sprach:

»Hier dein Kaffee …, mit wenig Zucker …, aber viel Sahne.«

Wie eine Seifenblase, die auf dem Boden eines Spülbeckens zerplatzte, verschwanden auch seine Gedanken an diesen Flirt. Langsam erhob er seinen Kopf und fragte etwas verstört:

»Äh … was?«

»Dein Kaffee …, mit wenig Zucker …, aber viel Sahne.«

Er sah auf einmal Elfe Elif vor sich stehen. Erstaunt starrte er sie an und bemerkte:

»Äh …, hm … ich habe doch den Kaffee bei dem Kell…, äh … ich meine nicht bei dir bestellt.«

»Nein, das hat Office Commander Melvin getan. Er meinte, du könntest ein Wachmacher gebrauchen, um deine Konzentration ein bisschen zu steigern.«

»Ach der liebe Office Commander Melvin ist also der Meinung, ich wäre unaufmerksam, womöglich zerstreut.«

Office Commander Melvin vernahm die Worte von Santa nicht. Er war im Eifer des Gefechts damit beschäftigt, einige Vorschläge zu unterbreiten, wie man eine Frau unbefangen kennenlernen könnte. Doch er bekam kein Gehör, da Santa mit seinen Gedanken ganz woanders war und demzufolge von allen dem bisher nichts mitbekam.

Erst als Melvin aufschaute und seine bewegte Stimme mit seinen bewegten Anregungen - die sich meistens hilflos in wirren losen Reimen bewegten – ein Ende fanden, hörte Santa seine Stimme:

»Ja das wären so einige Möglichkeiten, wo man jemanden kennenlernen könnte.«

Santa konnte den Gedankengang nicht ganz folgen.

»Äh …, was soll noch mal länger dauern?«

Melvin schaute Santa verbittert an und sprach etwas mürrisch:

»Sag mal, hast du mir überhaupt zugehört? Ich sabbele mir hier den Mund fusselig und du …? Gerade habe ich dir einige Möglichkeiten aufgezählt, wo man am besten eine Frau kennenlernen kann und wie du sie ansprichst.«

»Oh ja, klar«, log Santa. »Ich hab das alles verstanden mit … dem … äh da …, ich hab mir das alles gerade mal so bildlich vorgestellt …, mit dem da … und so … nur das Letzte, hab ich nicht ganz verstanden. Könntest du das nochmal wiederholen?«

»Nun gut. Also, du kannst dich zum Beispiel im Zug gegenüber einer Frau hinsetzen, die dir gefällt, und versuchen ein Kreuzworträtsel zu lösen. Nach ein paar Minuten seufzt du und spricht die Frau nach einem Lösungswort an. Die Frau antwortet und schon hast du ein Gespräch.

Oder du gehst shoppen. Eine der Lieblingsbeschäftigungen von Frauen ist nun mal das Shoppen. Hier fragst du einfach eine Kundin, ob du ihr behilflich sein kannst. Sie wird denken, du bist ein Verkäufer. Du berätst sie ein bisschen, sagst, ob es ihr steht oder nicht. Wenn sie dann was Passendes gefunden hat, dann fragst du sie, ob sie dir auch helfen könnte, weil du - was weiß ich - einen neuen Pullover oder so suchst.«

»Das sind ja fiese Tricks«, bemerkte Santa.

Ja Tricks wurden schon zu Zeiten der griechischen Mythologie angewandt, als man das hölzerne Bollwerk in die Stadt Troja schleppte und so die Stadt dem Untergang geweiht wurde.

»Du kannst dir auch ein Hund aus dem Tierheim ausleihen«, fuhr Melvin weiter fort »und mit ihm im Park Gassi gehen. Am besten einen Kleinen den Frauen als süß einstufen, ein Welpe wäre optimal. Im Park kreuzt du dann die Wege der Frauen, die ebenfalls mit einem Hund unterwegs sind. Sobald sich die Hunde beschnuppern und das passiert ganz automatisch, kannst du dann erzählen, dass das gar nicht dein Hund sei. Du hast ihn dir nur ausgeliehen, weil du am Überlegen bist, dir einen Eigenen zuzulegen und welche Erfahrungen denn die Frau mit ihrem Hund gemacht hätte.«

Eine List, wie die damalige Währungsumstellung, wo man zwar die Geldbeträge in den offiziellen Kurs umgestellt hatte, jedoch die zeitraubende Umrechnung mit Rücksicht auf die Menschheit damit erleichterte, indem man die DM-Preise im Verhältnis eins zu eins übernahm.

»Dann wäre da noch das Café. Besonders in der warmen Jahreszeit sitzen viele Frauen entspannt in den Straßencafés. Da ist es eine ...«

»Kein Straßencafé bitte, damit hab ich eine schlechte Erfahrung gemacht. Alleinstehenden Frauen in Cafés traue ich nicht mehr über den Weg.«

»Wann warst du in einem Straßencafé«, fragte Melvin erstaunt.

Es überraschte Santa, denn plötzlich bemerkte er, dass er gar kein Straßencafé besucht hatte, dass die Details an die er sich erinnerte, nur eine ziemliche realistische Träumerei war. Eine Szene, die sich kaum von einem wirklich widerfahrenen Ereignis unterschied, in dem man das Gefühl wahrnahm, es genauso zu erleben.

»Naja nun nicht direkt«, versuchte Santa sich aus der Situation herauszureden. »Ich hatte da nur so eine Illusion gehabt, die doch schon ein wenig bedrohlich auf mich wirkte.«

Ein amerikanischer Forscher hatte mal festgestellt, dass Personen mit sogenannten dünnen Grenzen häufiger Klarträume haben als andere Personen. Es sind kreative, empathische, offene, sensible Menschen, die meistens einen ungewöhnlichen Beruf ausüben, allerdings sich gegen Stress schlecht abgrenzen können. Faktoren, die bei Santa zutreffen.

Doch Santa beschäftigte eine ganz andere Frage.

8. Das Schicksal eines Findelkindes namens Eva

Elif war immer noch zugegen und wartete darauf, dass Santa an seinen Becher nippte und sich wie jedes Mal zu dem Wohlgeschmack des koffeinhaltigen Heißgetränkes äußerte.

Sie hatte die ganze Zeit die Gespräche der beiden mitverfolgt, wobei ihre Augen ständig von einem zu anderen wanderten und während Melvin sich kaum rührte und die meiste Zeit zu Boden starrte, schweiften Santas Blicke durch die Gegend, trafen die von Elif und trennten sich wieder. Sie waren nur kurz und nicht andauernd, denn ein langes "in die Augen schauen" ist liebenden Paaren vorbehalten.

Doch er konnte seinen Blick nicht von ihr lassen, schaute immer wieder zu ihr rüber und bewunderte ihre biometrische Körpergröße. Normalerweise kann Santa beim Sitzen den stehenden Elfen und Wichteln geradeaus in die Augen schauen, doch bei Elif muss er aufsehen, aufblicken, zu ihr hinaufschauen – zumindest solange er sitzt. Obwohl, wenn beide sich gegenüberstehen, hätte sie wiederum das favorisierende Maß für einen Menschen wie Santa. Hinzu kommt noch, dass sie verdammt gut aussieht, freundlich und attraktiv ist. So nippte Santa an seinen Becher und sprach mit gewählten Worten:

»Der schmeckt lecker.«

»Oh, das freut mich«, antwortete Elfe Elif.

Eigentlich antwortete sie immer in der gleichen Weise, da Santa jedes Mal den Kaffee bewunderte. Er liebte es, von ihr bedient zu werden, jedes Mal von ihr den Kaffee zu bekommen.

Dann passierte etwas, bei der man nicht so genau wusste, wie der Gegenüber dazu steht. Santa verlor die Selbstbeherrschung und hatte eine Intuition herausgelassen, die eigentlich was ganz anderes Aussagen sollte, die eine ganz falsche Situation zu einem komplett falschen Zeitpunkt darstellte. Man fühlte sich wie ein weich geklopftes Steak, als wenn man aus heiterem Himmel gepackt wurde und man nun filmreif demonstrieren will, dass man schon wisse, was gut für sie sei. Mit zittriger leicht bebender Stimme rutschen ihm die Worte heraus:

»Wollen wir nicht irgendwann mal essen gehen?«

»Oh …, oh ja …, ähm ja weißt du ich …, ich bin mir nicht ganz sicher«, antworte Elif total verlegen.

»Okay.«

»Ich meine …, nicht dass ich nicht will …, ähm ich würde gerne …, dann können wir über ein paar Veränderungen in der Kantine reden. Ich muss mal überlegen. Bei mir sieht es jetzt am Wochenende gut aus, wenn das für dich Okay ist, oder musst du am Wochenende arbeiten?«

»Ich weiß nicht«, bemerkte Santa etwas verwirrt über seine ungehemmte Frage und stand erschrocken da. Normalerweise ist er sehr souverän, hat über alles einen Überblick und ist immer hundert prozentig bei der Sache, doch hier ließ er plötzlich seiner Zunge freien Lauf. Das Zitat eines Unbekannten besagt: Die Entscheidungen, die wir treffen, diktiert das Leben, das wir führen.

»Du weißt nicht?«, fragte Elif etwas überrascht.

»Äh, nicht wirklich. Ich sage dir morgen Bescheid, dann können wir was festmachen.«

»Okay, klasse, ich freue mich.«

»Okay dann äh …, bis morgen. Das wird schon klappen.«

Santa hatte nicht mit der Reaktion gerechnet, nicht mit einem so bombenfesten Selbstbewusstsein, hatte eher eine negative Reaktion oder Bewertung befürchtet. Doch nun konnte er zum ersten Mal sein Date live und in Farbe entgegen sehen. Es dauert ein paar Sekunden, bis ihm klar wurde, dass er sich mit Elif eine Verabredung erschlichen hatte. Es war die Chemie, die stimmte und Funken, die bei Santa flogen. Doch es gibt keine Garantie für die Liebe. Sie ist die einzige chemische Reaktion, die nicht künstlich herbeigeführt werden kann.

Melvin saß verdattert da, schaute entgeistert auf Santa und glaubte seinen Ohren nicht zu trauen. Haarklein analysierte er die Worte, die er da vernahm.

»Hab ich da eben richtig gehört?«, fragte er.

»Was denn?«

»Na, dass du mit Elfe Elif ausgehen willst.«

»Ähm …, ja«, sagte Santa und starrte in seinen Kaffeebecher, als hätte sich der Kaffee gerade in ein Biotop mit Tausenden von Larven verwandelt.

»Sie strahlte so eine enorme Anziehungskraft aus«, fuhr er weiter fort. »Es war ihr Verstand, ihr Gesicht und ihr Charakter, der mich anmachte. Ihr Blick hatte mein Herz so ausgefüllt, als würde es gleich platzen. Ich hatte das Gefühl, als würde mein ganzes Leben an mir vorbeilaufen.«

»Aha …, soso …«, waren die recht einsilbigen Kommentare, die Melvin von sich gab.

»Warum ist Elif eigentlich größer als der Elfen- und Wichtelverbandsdurchschnitt?«

»Nun Elif ist eigentlich keine richtige Elfe.«

»Ne-e-e-in …, was dann?«

»Sie ist …, wie soll ich dir das erklären? Naja sie ist …, sie ist ein Mensch …, ein Mensch wie du!«

»Ein Mensch wie ich? Und wie kommt sie hierher?«

»Oh, das war vor langer, langer Zeit, als das Wirtschaftswunder zu neuem Bewusstsein anregte. Damals trug der Weihnachtsmann noch einen tiefen Hut mit breiter Krempe, eine weite Knickerbocker-Hose, wuchtige schwarze Stiefel und rauchte eine lange Pfeife. Du warst gerade fünf Jahre alt und sahst aus, wie man sich ein Kind vorstellte, lieb, nett und folgsam.

Deine Geschmacksnerven hatten sich gerade mal wieder neu orientiert. Während Spinat, Kartoffelpüree und Tomatensoßen einen leisen Protest an eine

Zwangsernährung ausdrückten und mühelos ausgespuckt werden konnten, wurden deine Geschmacksnerven auf die Produkte wie Currywurst, Pommes und Poulet a la Mama erweitert. Schon als einjähriges Kind verweigertest du die Suppe für Säuglinge, sowie Alete-süßsauer, McViramol, Nestlé alla panna, Hip Medium und Danone aldente, hautest Mother Christmas den Löffel aus Hand, schütteltest den Kopf und sprachst entschlossen: nein, nein, nein. Dann deutetest du auf den Teller von Mother und Father Christmas. Sie aßen gerade eine Fertigpizza. Ja, du warst schon ein besonderes Kind.«

»Und was hat das mit Elif zu tun«, fragte Santa.

»Nicht so ungeduldig warte doch einfach mal ab«, bemerkte Melvin und fuhr dann weiter fort. »Es war an einem Heiligabend, als Father Christmas gerade seiner Arbeit nachging, um all die Kinder zu bescheren. Mother Christmas sowie einige Elfen und Wichteln hatten alle mit dir gespielt, dir Geschichten erzählt, dich gebadet und die Windeln gewechselt. Manchmal kamen sie auch einfach nur mal vorbei, um dir in die Wangen zu kneifen.«

»Ja da kann ich mich noch gut daran erinnern: Heiteitei ja ja, kuckuck ussemusse daiiidai, ja hasse schöne rote backi-backis.

Zuerst hatte ich es als eine gehobene Sprache gedeutet, die Respekt und Achtung vermitteln sollte, doch dann dachte ich mir: was für eine Schizophrenie, wenn der Wahn zur Persönlichkeit wird. Aber es gab Schlimmeres, wie zum Beispiel wenn das Taschentuch mit spucke befeuchtet wurde, um mir damit die Mundwickel sauber zu wischen.«

»Sei nicht so undankbar. Mother und Father Christmas konnte sich felsenfest auf uns Elfen und Wichteln verlassen konnte, wenn sie beide Mal für sich sein wollten und dich alleine ließen. Fast jeden Tag hattest du neue Spielsachen bekommen. Ob Holz oder Plastik, Plüschtiere oder Puppen bis hin zu den späteren Elektrospielzeugen, ferngesteuerten Autos, Booten und Hubschraubern, du hattest alles. Die Sachen ließen wir vorher durch unsere Warenprüfer auf Inhaltsstoffe, Funktionen, Gefahrenquellen und vielen anderen Sachen begutachtet und haben sie dann zur Endkontrolle dir zum Erproben gegeben. Dabei hatte man genau beobachtet, wie du mit den Sachen umgehst, wie du sie handhaben tust.«

»Ihr hatte mich als Funktionstester, als Versuchskaninchen missbraucht?«, empörte sich Santa.

»Ja nun …, ein Menschenkind im Hause war die Chance über Top oder Flop eines Produktes zu entscheiden und das noch vor dem Produktionsanlauf.«

»Aha, bevor also ein neues Produkt zur Auslieferung kam, wurde es erst mal einer Testperson untergejubelt, die zufällig ausgewählt wurde und unerwartet auf mich viel. Oder?«

»Ja …, äh …, nein! Mit Spielsachen entdecken Kinder spielerisch die Welt, mit ihren kleinen Händchen und vor allem mit dem Mund. Sie lutschen und knabbern nicht nur am Spielzeug, sondern es muss auch turbulente Aktionen überstehen, vor allem muss es reiß- und biegefest sein. Schwermetalle dürfen sich nicht aus den Farben herauslösen und beim Fallen darf es nicht zersplittern. Das alles hatten wir im Vorfeld schon geprüft. Bei dir wollten wir nur feststellen, ob das Spielzeug geeignet ist, ob es Interesse weckt, ob es eine wichtige Basis für das spätere Erwachsensein schafft.«

»Wussten Mom und Dad davon?«

»Naja …, nicht so direkt. Anfangs haben wir es verschwiegen. Doch wie schon so bei manchen Scheidungsgründen, weil kein Schrank im Schlafzimmer vorhanden war, kamen auch deine Mom und dein Dad früher als erwartet nach Hause. Sie sahen, wie eine ganze Horde von Ing. Wichtel dich beim Spielen beobachteten und sich Notizen über die Zulässigkeit eines Produktes machten.«

»Und?«

»Nichts und! Dein Dad schlug erst mal mit der Faust auf den Tisch und versuchte so seiner Empörung kundzutun, doch ich hatte es ihm erklärt, wie wichtig so was sei und was passieren würde, wenn der Weihnachtsmann schlecht verarbeitete Spielsachen an die Menschenkinder verteilt.

Er zeigte mit dem Finger auf mich und es war, als wenn ich in den Lauf einer Pistole blickte. Ich dachte nur, mein Ende ist gekommen. Etwas Beunruhigung lag in der Luft, das hatte in dem Moment jeder verspürt. Dabei meinte er: Wenn meinem Sohn was passiert, kannst du dein Testament machen. … Anderseits ist der Gedanke gar nicht mal so dumm. Wir sollten darüber reden.«

»Das hat er gesagt?«

»Ja! Mit zwölf Jahren gingst du in Richtung "ich bin ja schon Erwachsen" und legtest dir andere Interessen zu, die einen schöneren Gegensatz zu elektrogesteuerten Lenkfahrzeugen hatte. Damit schlief das Projekt "ahnungslose Endkontrolle" ein.«

»Wow! Aber was hat doch alles nichts mit Elif zu tun.«

»Naja, eigentlich noch nichts. Nun gut, es war an einem dieser verschneiten Tage, wo es schon seit Stunden geschneit hatte und alles wie eine richtige Schneelandschaft aussah. Sanft und gemächlich fiel der Schnee durch das weiche Licht der Straßenlaternen. Überall brannten Lichter in den Fenstern, es sah richtig feierlich aus. Es war auch kein Wunder, denn es war Heiligabend und Father Christmas war unterwegs den braven Kindern Geschenke zu bringen. Auf seinen Mantel lag bereits eine Menge Schnee und sein Hut war beinahe nicht mehr zu erkennen. Ständig peitschte ihm der Schnee ins Gesicht und auch die Rentiere galoppierten mit geneigtem Haupt.

An einem Park hielt er an, stellte den Schlitten und die Rentiere unter den Bäumen ab, um sich eine Pause zu können. Er setzte sich unter einer geschützten Bank und stopfte seine Pfeife mit wohlriechenden Kräutern, die normalerweise die Zunge eines Redners weich und seine Worte schmeichelhaft erscheinen lässt.

Wie eine Vulkaneruption zog er an seiner Pfeife, atmete den Rauch genüsslich ein und stieß ihn dann wie Seifenblasen wieder aus. Dabei öffnete er den Mund so wie ein Fisch, drückte den Unterkiefer leicht nach unten und erzeugte so kleine vernebelte Ringe, die sich durch die Lüfte bewegten, größer wurden und sich schließlich auflösten.

Nun Father Christmas konnte nicht allzu lange bleiben, denn er hatte noch viel zu erledigen. So klopfte er behutsam die Asche seine Pfeife an einer der Sitzlatten aus, ging zum Schlitten zurück und ...«

»Und?«

»... und erstarrte.«

»Die Rentiere wurden entführt«, sprach Santa fassungslos.

»Quatsch, wer sollte schon die Rentiere entführen?«

»Na vielleicht der Osterhase, weil er den Job als Weihnachtsmann haben will. Ewig das ganze Jahr lang nur Eier lackieren, muss doch langweilig sein. Oder gar Knecht Ruprecht?«

»Knecht Ruprecht? Der ist doch nur der Handlanger vom Nikolaus und der wiederum hat nur einen Aushilfsjob. Mit dem haben wir einen schriftlichen Kontrakt geschlossen. Er kann die Stiefel und Schuhe der Kinder am sechsten Dezember mit Schokolade so vollstopfen, wie er will, wir hingegen schleppen uns dafür am Heiligabend mit den schweren Geschenken ab. Ja und der

Osterhase, der braucht ja nicht einmal die Eier selbst zu legen, dafür hat er doch seine Lieferanten, die ihn das Material bringen, wie der Kuckuck, der Fuchs, der Storch und auch der Hahn.«

»Na gut, wenn es keine Entführung war, was war es dann?«

»Nun, er traute seinen Augen nicht. Auf der vorderen Sitzbank, die hintere war ja noch vollgestellt mit Paketen, lag ein zu einem Bündel geschnürter Stoffballen, das wie ein Zylinder aussah.«

»Ein Zylinder?«

»Ja, die Form eines Zylinders. Im oberen Bereich überlappten sich zwei Ecken einer Wolldecke. Father Christmas schlug sie auseinander und da sah er ein Baby, das da schlief. Ein kleines Wesen, nur wenige Tage alt. Ein Brief hielt das Baby in seinen kleinen Fingerchen.«

»Und was stand drin.«

»Ich habe den Brief hier. Ich trage ihn seitdem immer bei mir.«

Melvin faltete den Brief auseinander und las ihn vor:

»*"Ich heiße Eva bin ein Mädchen und 51 cm groß. Meine Mama ist schwer krank und wird wahrscheinlich Weihnachten nicht überstehen. Sie wollte nicht, dass ich nach ihrem Tod bei wildfremden Menschen aufwachse. Sie meinte: Selbst das Beste wäre nicht gut genug für mich und so bin ich bei dir gelandet. Ich hoffe, das freut dich. Du hast jetzt höhere Ausgaben, kürzere Nächte, weniger Freizeit aber dafür 3250 Gramm mehr Glück. Mama hatte sich die Zukunft anders vorgestellt, aber ihr war es wichtig, dass ich den richtigen Weg gehe, damit ich glücklich werde. Ich bin jetzt dein Kind und du mein Elternteil. Wenn Mama nicht mehr ist, wird sie trotzdem wie ein Schatten bei mir sein und über mein Leben wachen. Bitte nehme mich auf und habe mich Lieb."«*

»Wow.« Tränen standen Santa in den Augen und er kämpfte mit Mühe gegen an, um nicht wie ein Schlosshund loszuheulen. Dann sprach Melvin weiter:

»Father Christmas hatte sich überall umgesehen, aber niemanden entdeckt und so nahm er das Kind mit. Zu Hause am Nordpol stellte er sofort eine Gruppe zusammen, die Recherchen und spurensicherheitsdienstliche Maßnahmen durchführen sollten, um herauszufinden, wer die Mutter war und wo sie ist.«

»Und?«

»Die Frau ist in der Nacht auf den zweiten Weihnachtstag verstorben.«

»Oh ... und die Eva ist unsere Elfe Elif?«

»Ja. Eva ist unsere Elfe Elif. Ich hatte sie damals in meine Obhut genommen, sie nach bestem Wissen und Gewissen aufgezogen und ihr den Namen Elif gegeben. Das bedeutet "Freund", "das Gewünschte" und auch "schlankes groß gewachsenes Mädchen". Es bedeutet auch zugleich "reif, schön, seidig, gebildet" und ... "die Richtige". Auch "der Anfang von allem", soll der Name ausdrücken.«

»Aha ..., aber woher wusstest du bei der Namensgebung denn, dass sie zu einem schlanken groß gewachsenen Mädchen aufblüht, dass sie reif, schön, seidig und gebildet sein wird?«

»Sie ist ein Mensch, demzufolge musste sie groß werden, größer als wir. Und reif, schön, seidig? Wenn Frauen sich weiblich geben, weniger schrill daherkommen, sich gekonnt schminken und sich geschmackvoll kleiden, dann sind sie reif, schön und seidig, so wie Elif. Und gebildet sein, ja Elif war schon immer offen für Neues. Sie ist von Mutter Natur aus recht freundlich, bedacht und gebildet, spricht mehrere Sprachen, hat eine gute Arbeitsstelle und kann gut für sich selbst sorgen.«

Nun wusste Santa die wahre Geschichte über Elfe Elifs Großwüchsigkeit. Mit fünf Jahren war sie schon größer als manch neunjährige und mit zwölf hatte sie bereits alle ihre Freunde und Gefährten in der Größe überholt. Aufgefallen ist es niemanden, denn sie unterschied sich sonst kaum von den anderen Elfen und Wichteln.

Sie war ein normaler Mensch und Melvin als Zieh- oder Pflegevater hatte die elterliche Fürsorge übernommen. Niemals hätte Santa gedacht, dass einem Weihnachtsmann jemals so etwas passieren könnte, dass man ihn ein Findelkind aufbürdet. Doch etwas Gutes hat es ja. Santa wäre niemals auf Elfe Elif aufmerksam geworden, wenn nicht die anderen Elfen und Wichteln sich durch ihren Kleinwuchs von ihr unterscheiden würden.

Als Santa später am Abend in seinem Bett lag konnte er nicht aufhören an Elif zu denken, an ihren Werdegang, wie sie zum Nordpol kam und ob sie wohl wusste, wo sie herstammt? Er machte sich Mut, indem er sich sagte, dass morgen auch noch ein Tag war, um darüber weiter nachzudenken. Mit dieser Argumentation fiel er in einen tiefen traumlosen Schlaf.

9. In Christmas-Village sind die Möglichkeiten auszugehen arg begrenzt in freier Natur jedoch unerschöpflich

Am nächsten Morgen erwachte Santa Claus beizeiten. Es war stockfinster in seinem Schlafzimmer. Tastend bewegte er sich zum Fenster, riss die Gardine zur Seite und öffnete es. Die Morgendämmerung war bereits erwacht und ließ einen neuen Tag entstehen. Nur langsam trat das gestreute Licht der Sonne dem Horizont entgegen.

Es ist noch früh, sechs Uhr dreißig. Für Santa ist es sogar sehr früh, so früh, dass selbst sein Wecker noch schlief, der erst - wie jeden Morgen - gegen zehn Uhr erwacht und ihn mit einem nervtötenden Geräusch weckt.

Am Fenster stehend atmete er die kühle Morgenluft tief ein. Eine steife Brise wehte ihm entgegen und verwandelte sein Gesicht in einen fröstelnden Ausdruck. Santas Blick blieb an einer Tanne in unmittelbarer Nähe hängen, die alleine im Vordergrund stand und sich von dem dahinter liegenden Wald, mit seinen wesentlich größeren Nadelbäumen, absonderte. Sie hatte auf jeden Zweig einen Schneestreifen, an den Zweigspitzen sogar kleine Eiszapfen die anfingen, in der Morgendämmerung zu glitzern und zu flimmern. Der Schnee, in dem die Tanne stand, sah wie Silber aus und gab dem Bild eine bezaubernde Kulisse.

Trotz der kalten Luft und den besonders reizvollen Eindruck döste er langsam vor sich hin, dachte an die fernen Länder, an den Neuanfang der Natur, wo alles erwacht und anfängt zu sprießen. Die ersten zaghaften Blüten erwachten und gaben der Landschaft eine füllige Farbe. Und auch das erste Grün an den Bäumen sprießte, das je nach Jahreszeit die Farbe der Blätter änderte.

Hier hingegen gibt es nur grenzenloses Schneevergnügen, keine Eichen, Buchen oder Kastanien, die ihr Laub verloren hatten und nun kahl dastehen. Hier gibt es nur Tannen, Fichten und andere Nadelbäume, die ringsherum das Fabrikgelände vor den Blicken Fremder schützen, Gewächse, die einfach hierher gehören.

In nicht allzu weiter Entfernung sieht Santa zwei Jogger, die durch den Schnee liefen und bei jedem Aufsetzen eine kleine Schneefontäne in die Luft wirbelten. Ein Run bei klirrender Kälte. Die Luft ist schwer von Feuchtigkeit. Man spürt sie auf den Wangen und bald schon hängen Tropfen in den Haaren. Es ist schön in der Morgendämmerung zu joggen, in einer Morgendämmerung, die alles verhüllt. Mit jedem Schritt erobert man sich ein Stück der Welt, die einem so begrenzt und geheimnisvoll erscheint.

Ja auch Elfen und Wichteln haben den inneren Schweinehund überwunden und den winterlichen Ausdauersport für sich entdeckt. Dabei machen sie nicht nur eine gute Figur, sondern sind nach dem Training immer gut gelaunt.

Hell spiegelte sich die aufgehende Sonne auf der mit Eiskristallen bedeckten Fläche, wo sich langsam kleine Wasserlachen bildeten.

»Hatschi«, niste Santa plötzlich laut, putzte sich die Nase und schloss danach das Fenster. Dann ging er ins Badezimmer, stellte sich unter die Dusche und drehte den Wasserhahn auf. Fast hätte er dabei einen Kälteschock bekommen. Man sollte eben das Wasser einen Moment laufen lassen und dann prüfen, ob es warm genug ist, bevor man sich unter die Dusche stellt.

Nach dem fast erfrierenden Erlebnis unter der Dusche zog Santa sich an und verließ seine Wohnung. Kaum durch die Haustür stand er auch schon in der Halle der Geschenkeherstellung, wo die Geräusche von kreischenden Sägen, hämmernden Werkzeugen und das helle Klirren des Kunstschmiedes bei der Metallgestaltung zu hören waren. Elfen und Wichtel waren wieder voll in ihrer Arbeit, in ihrem Element und man reibt sich die Augen und fragt unwillkürlich, wo ist nur die Zeit geblieben. In einem Dreivierteljahr wird schon fast wieder Weihnacht sein.

»Du bist schon wach?«, hörte Santa eine Stimme hinter sich. Er drehte sich um und Melvin, der Office Commander, stand vor ihm.

»Ja.«

»Und der Geist?«

»Auch. Ein Fuß schaute unter meiner Bettdecke heraus und wurde kalt. Es versetzte mich in eine Winterlandschaft, wo ich ohne Schuhe durch den Schnee latschte und versuchte Streichhölzer zu verkaufen. Daraufhin wurde ich wach.«

»Dann waren wir nicht zu laut?«

»Nein, aber wieso bist du schon auf den Beinen?«

»Ich versuche schon mal eine Bestandsaufnahme zu machen, um zu sehen, ob wir unseren Zeitplan einhalten können, nicht das Wir Doppelschichten fahren müssen.«

»Du willst um diese Uhrzeit eine Inventur machen?«

»Ja ich muss. Die Entwicklung aller Abteilungen muss neu überprüft werden, um eventuell die Aktivitäten anders zu koordinieren. Vielleicht hier ein paar Wichtel und Elfen abziehen und dort ein paar einsetzen, je nachdem für welche Aufgaben sie besten prädestiniert sind.«

»Hey, unsere Spielzeugmacher sind speziell für ihre Aufgabengebiete geschult worden. Jeder ist für einen ganz bestimmten Bereich zuständig. Du kannst ein Lattenwichtel nicht zum Amboss-Klopfer umwandeln.«

Niemand ist permanent gut drauf, auch ein Weihnachtsmann wie Santa nicht. Er war heute etwas gereizt, ließ sich ein wenig gehen, um seine miese Stimmung herauszulassen. So was kommt äußerst selten bei ihm vor. Wenn, dann würde er sich zusammenreißen, sich auf die Zähne beißen und so tun, als wäre alles in Ordnung. Doch heute schien er unzufrieden zu sein, hatte die ganze Nacht auch nicht richtig geschlafen. Immer wieder wurde er wach und er musste nachdenken.

Es ist wie ein rotes Lämpchen am Santa-5000, welches signalisiert, dass da was nicht stimmt und man sich auf Spurensuche begeben sollte. Ist es vielleicht der Hinweis, den er erhielt, dass er nicht der einzige Mensch unter Elfen und Wichteln ist oder eher die Frustration, dass bei seinen Dates keine Erdenfrau näheres Interesse an ihm hegte.

»Dieses Gerede kann nur an einen Mangel an Schlaf zurückzuführen sein, fuhr Melvin weiter fort. Geh bitte wieder ins Bett, Bitte.«

»Ich will nicht wieder ins Bett.«

»Du brauchst zweifellos Ruhe. Du bist gereizt und siehst müde aus.«

»Oh jetzt ist mir das klar. Du meinst, man sei alt und krank oder so was in der Art, nicht wahr?«

»Ich verstehe nicht ganz, was du meinst.«

»Oh du hast keine Ahnung, aber das macht nichts. Wenn du erwartest, dass ich mich bei dem nächsten Date weiter zum Narren mache, dann muss ich dich enttäuschen. Ich werde keinen anderen Lebenswandel einschlagen, weiterhin meinen selbst gestrickten Pullover tragen, auch wenn er großwüchsig ist und keiner Frau hinterher rennen.«

»Sagtest du eben keinen anderen Lebenswandel?«

»Ich meine damit, dass ich keine Singlebörsen mehr besuche, nur um zu beweisen, dass ich eventuell noch eine bekommen könnte. Ich werde keiner Frau nachlaufen, nur weil ich sie attraktiv und hübsch finde.«

»Das höre ich gerne. Du bist auch zu reif für Kindergartenspiele, wo man im Sandkasten auf die Burgen anderer herumtrampelt.«

»Wer hat hier was von Sandkasten gesagt? Es gibt einen Unterschied zwischen Jung und Alt.«

»In der Tat, den gibt es. Bekümmert dich etwas?«

Santa hatte sich inzwischen wieder beruhigt, sich emotional wieder normalisiert. Seine Stimme wurde wieder sanfter und geschmeidiger und so sprach er mit barmherziger Stimme:

»Ach mich wurmte das alles mit dem Speed-Dating, Blind Dates und Singlebörsen. Die meisten sind nur Adresssammler, die aus einem Model-Katalog stammen und nach zahlungskräftigen, herzkranken, heiratswilligen Millionären suchen.«

»Ja, solche Typen gibt es. Aber warum reden wir darüber?«

»Tun wir doch gar nicht.«

Es wurde plötzlich ruhig. Sämtliche Wichtel und Elfen, die kopf- und gedankenlos umherliefen, blieben plötzlich stehen. Werkende ließen die Arbeit ruhen. Alle schauten zu dem Mann hin, dessen warme, sanfte und tiefe Stimme sie seit Jahrzehnten alle kannten. Eine angenehme Stimme mit dunklem Klang, guten Volumen und einer inneren Ruhe.

Santa schaute sich um in dieser Bewegungslosigkeit, in dieser beschaulichen Untätigkeit. Alle blickten auf ihn, bewunderten seine charismatische Ausstrahlung, seine feine Art, bezeichneten ihn als Edelmann, als ihren Herrn, als einen großartigen Mann.

»Moin Männer und Mädels«, begrüßte er sie alle und augenblicklich stimmten alle in einem Choral ein:

»Guten Morgen Santa.«

Danach verschwanden alle Wichtel und Elfen wieder und es wurde erneut gehämmert, gesägt und geschliffen.

Auch Elfe Elif hatte Santa bereits bemerkt und kam auf ihn zu.

»Guten Morgen Santa«, sprach sie. »Hier dein Kaffee …, mit wenig Zucker …, aber viel Sahne.«

»Danke mein Kind«, antwortete Santa, nahm den Kaffee und fing an, an der heißen Brühe zu nippen.

»Hast du darüber nachgedacht«, fuhr Elif flüsternd weiter fort.

»Worüber«, fragte Santa unschlüssig.

»Na du weißt schon, unser Gespräch, gestern.«

»Was hatten wir gestern besprochen?«

Immer noch unschlüssig schaute er dabei Elif an, die wiederum ihre Augen von Melvin zu Santa und von Santa wieder zu Melvin wandern ließ. Man sah ihr die Unentschlossenheit an: Flucht oder angriff? Kehrt machen und sich bis zur Besinnungslosigkeit betrinken oder zeigen das man ein Mann ist, äh … eine Frau natürlich. Eine Frau, die es nicht verzeihen würde, wenn man mit ihren Gefühlen gespielt hätte.

Mit einem bitterbösen Blick schaute Melvin zu Santa hinauf, trat ihm kurz gegen das Schienbein und sprach zu ihm ohne jegliche Artikulation. An den Lippenbewegungen konnte Santa dann visuell erkennen, dass er sie um ein Rendezvous gebeten hatte.

»Stimmt. Ich hatte dich gefragt, ob wir mal ausgehen wollten. Natürlich steh ich zu meinem Wort.«

»Und?«

»Äh …, was und?«

»Hast du am Wochenende Zeit oder musst du arbeiten?«

»Wer ich?«

Wortkarg nickte Elif mit dem Kopf.

»Nicht wenn ich es vermeiden kann«, brüstete er sich. »Schließlich sind wir doch verabredet.«

»Ich freue mich drauf.«

In Christmas Village sind die Möglichkeiten auszugehen arg beschränkt. Eine Partyzone mit weiß-ich-nicht-was an Angeboten fehlt. Einzige Möglichkeit ist, in der freien Natur was zu unternehmen, wo die Möglichkeiten wiederum unerschöpflich sind. Oder man geht essen. Allerdings beschränkt sich auf diesem Fabrikgelände die Anzahl der Lokalitäten auf mal eben eine recht großzügige verschachtelte Kantine und einer anmutigen Teestube.

»Ich werde Gourmet-Wichtel Gusteau bitten für uns ein Abendmahl am Samstag herzurichten, ganz für uns alleine.«

Mit einem sexy Augenaufschlag zauberte sie Santa ein Lächeln aufs Gesicht, das ihn aussehen ließ, als wenn er als Jugendlicher gerade seinen ersten Kuss aufgedrängt bekommen hatte. Daraufhin verschwand Elif.

10. Ein richtiges Date live und in Farbe

Santa hielt sein Wort und ließ einen Tisch für das abendliche Dinner zu zweit, etwas abseits mit Blick durchs Fenster auf die verschneite Gegend, eindecken.

Der Abend kam. Noch unsicher und nicht wissend, wie sich der Abend entfalten wird, hat sich Santa Claus mächtig in Schale geschmissen, wobei Melvin ihn fachmännisch wie ein Verkaufsberater beriet, der über Textilerfahrung, Warenkenntnisse und ausgeprägter Serviceorientierung verfügte.

»Ich sag dir, ich bin total aufgeregt, wirklich«, sprach Santa. »Ich hab das Gefühl, es könnte einer dieser entscheidenden Momente in meinem Leben werden oder so was, verstehst du?«

»Ey, du bist kein Teenie mehr. Du gehst mit einer Frau aus, die du schon von Kindheit auf an kennst. Du warst doch der Rüpel, der ihre Zöpfe immer wieder in die Tinte getaucht hatte. Aber dennoch wünsche dir viel Glück.«

Der Weg von ihrem Zuhause zur Betriebskantine war zwar nicht weit, aber als Kavalier der alten Schule beginnt ein Rendezvous immer mit dem Abholen der

Person in einem geeigneten Fahrzeug. Doch welches soll Santa nehmen. Ein Pferdegespann? Das arme Mädchen wird mit tomatenroter Haut am Ziel ankommen. Hier im Norden gibt es viel Kälte. Die Arktis ist quasi voll davon.

Ein Schneemobil wäre auch nicht verheißungsvoll. Der Wind würde ihr die warme Luft aus den Klamotten fegen, was zu einer der häufigsten Nebenwirkung führen würde, nämlich zur schlechten Laune.

Also bleibt nur noch der alte Bulli übrig. Ein Transporter Kleinbus, mit vielen kleinen Fenstern für die Freisicht, großem Emblem am Bug, geteilter Frontscheibe und nostalgischen elektrischen Winkern. Er wird meisten von den Wichteln benutzt, wenn sie die Absicht haben, einen Ausflug durch die Eiswüste zu machen, um dem Schneewehen mal den Buckel herunterzurutschen.

Damit das Fahrzeug nicht im Schnee rollt, rutscht, einsinkt oder gar stecken bleibt, wurde es eigens dazu wintertauglich gemacht und mit einem drehstabgefederten Kettenlaufwerk mit fünf Laufrollen, einem Antriebsrad und einem Führungsrad ausgestattet, sowie mit hydraulischen Endanschlägen über den Schwingarmen der Laufräder.

Zwar erreicht das Gefährt höchstens die Geschwindigkeit einer Wanderdüne, aber dafür ist es einigermaßen sicher und vor allem, das Gefährt verfügt über eine Standheizung.

Pünktlich stand er vor ihrer Tür. Sein Herz fing plötzlich an zu rasen und die Hand, die den Fahrzeugschlüssel hielt, zitterte. Es war heute kein gewöhnlicher Abend, es war ein Rendezvous mit einer hübschen Frau, die er kannte, die er beinahe jeden Tag sah. Er zitterte also vor Freude, wenn man es so will. Er klingelte und die Tür ging auf.

Da stand sie vor ihm. Ihr Gesicht wirkte entspannt und weich, die Augenbrauen waren gebogen. Langsam bildeten sich Fältchen um Nase und Augen und dann fing sie an zu schmunzeln, öffnete leicht den Mund und ließ ihre strahlenden weißen Zähne zum Vorschein kommen.

»Ich hole nur meinem Mantel«, sprach sie, »dann können wir los.«

»Ich warte hier«, antwortete Santa.

Sie hatte ein grünes Kleid an, grün wie ein Mistelzweig. Es war aus glänzendem Stretch und lag hauteng an. Mit der passenden Elf-Mütze sah sie superniedlich aus. Der breite Saum aus schneeweißem Plüsch und das raffinierte, zu knotende Dekolleté machten es zu einem absoluten

Hingucker. An den Füßen trug sie weiße Stiefelstulpen über grüne Schuhe, dazu weiße Netzstrümpfe.

Er öffnete ihr die Beifahrertür, ließ sie einsteigen, schloss sie leise und stieg dann auch ein. Der Motor schnurrte sanft und die Armaturen leuchteten. Vorsichtig löste er seinen Fuß von der Kupplung, trat forsch auf das Gaspedal und plötzlich leuchteten alle Warnsymbole auf, der Motor starb ab.

Scheiße dachte sich Santa, so ein Mist. Anstatt kurz zu lachen und es noch einmal zu versuchen, sagte er:

»Du siehst bezaubernd aus.«

»Danke«, erwiderte sie. »Dein Inverness-Mantel sieht auch interessant aus. Sherlock Holmes trug auch solchen.«

Er hatte es gewusst, die nächste Scheiße trat ein, sie fand seinen Mantel, der zwar Armlöcher hatte, aber keine Ärmel, also eher einem Umhang glich, zum Kotzen. Hätte er doch bloß was anderes angezogen.

Der zweite Versuch, das Fahrzeug zu starten gelang und sie fuhren los. Auch wenn die Fahrt keine fünf Minuten dauerte, so hätte man sich dennoch unterhalten können. Doch eine Konversation wollte einfach nicht zustande kommen, warum nur? Santa war sonst nie um ein Wort verlegen. Im rechten Augenwinkel sah er, wie sie ihn musterte und dabei ein wenig lächelte. Sie lachte bestimmt über seine Unsicherheit, die ihn wie ein Mauerblümchendasein schweigen ließ. Möglicherweise wartete sie auf den ersten Schritt, wusste aber nicht, dass Santa vielleicht schon im Kopf bereits zehn Schritte weiter war.

Angekommen hakte sie sich bei Santa ein, so als wenn sie bereits ein altes Pärchen wären und Santa genoss diese Nähe.

Die Kantine war leer, wie erwartet. Nur der Gourmet-Wichtel Gusteau und ein oder zwei Commis waren als Köche gegenwärtig, um das Essen herzurichten.

Der Tisch war festlich hergerichtet. Besonders edel wirkte die weiße Tischwäsche, eine klassisch weiße Damast-Tischdecke, die jedem Essen eine besondere Note verlieh. Die Gedeckplätze waren mit versilberten Platztellern versehen, worauf die Teller für den jeweiligen Gang platziert wurden. Neben einer weißen Tischdecke zählen sie zum Standardrepertoire eines Klassisch-festlichen Ambientes.

Links vom Platzteller die Gabel, oberhalb, das Dessertbesteck und rechts das Messer und der Löffel. Über dem Messer ein Wasserglas, daneben ein Rotweinglas. Eine

Stoffserviette mit Serviettenring lag auf dem Platzteller.

Blumen und Kerzen vervollständigten die Tischdekoration. Die richtige Platzierung aller Utensilien ist eine Kunst und diese Kunst beherrscht der Gourmet-Wichtel aus dem Effeff.

Vor dem Eckfenster stand die Tafel, wodurch man nicht nur einen ansprechenden Panoramablick, sondern auch einen Blick in zwei Himmelsrichtungen erhielt. Die zwei anderen Seiten waren durch Pflanzen als Sichtschutz von dem restlichen Raum getrennt.

Santa erwies sich als Kavalier und rückte Elfe Elif den Stuhl zurecht, wobei er fast über das Stuhlbein stolperte und in dem Sichtschutz landete.

Er setzte sich und bedingt durch seine unfreiwillige Slapstick-Einlage kam ein Gespräch ins Rollen, bis das Essen kam. Gourmet-Wichtel Gusteau bediente höchstpersönlich und es war eine Gaumenfreude ohne Gleichen, ein Mix vieler Spezialitäten, die die Geschmacksnerven liebevoll umschmeichelten.

Danach schien das Eis plötzlich gebrochen zu sein. Sie redeten einer nach dem anderen, als hätten sie sich Jahre nicht gesehen und als ob sie nun einen Plauderrückstand nachholen mussten.

Es war eine Art von Konversation, bei der man sich in die Augen schaut, die Mimik des anderen studiert und auf den Tonfall achtet, wobei es unwichtig ist, ob man übers Kinderkriegen oder über Teddybären spricht. Wie der Beginn eines Tanzes, wenn sich die Partner noch auf die Füße schauen, da sie dem Gegenüber nicht vertrauen. Man testet, ob es ein zusammen überhaupt geben kann, und wenn die Chemie stimmt, wird der Tanz flüssiger, bis sich beide lächelnd in die Augen sehen, getragen von der Musik.

Es hatte sich schnell herumgesprochen, dass Santa ein Rendezvous mit der schönen Elif hatte und dass zu diesem Zweck der schönste Platz in der Kantine für sie hergerichtet wurde.

Das Getuschel, das sie umgab, fiel einigen offensichtlich auf und man versuchte, einige Wörter aufzugreifen. Nicht das die Wichtel oder Elfen neugierig sind, nein, dennoch würden sie gerne wissen, was der Inhalt ihres angeregten Gespräches sei. Was man nicht hört, denkt man sich und was man sich denkt, kann einem schon zu schaffen machen.

Wichtel sind sehr leise und es ist selbst für Santa manchmal nicht leicht, sie zu bemerken. Doch immer wieder vernahm er eine leichte Bewegung der Pflanzen, die als Sichtschutz dienten, wenn einer der Wichtel daran vorbeihuschte.

»Ich kann es gar nicht fassen«, sprach Elfe Elif zu Santa, »dass du immer noch nicht verheiratet bist. Selbst als ich noch klein war hab ich dich für jemanden gehalten, der bestimmt ganz früh heiraten würde.«

»Ja aber es ist nicht passiert, ich hatte zu viel mit der Fabrik zu tun. Aber was ist mit dir? Warst du schon mal nah dran oder so?«

»Du meinst diese ganze Ehegeschichte? Oh nein, niemals, nein, nein, nein, nein! Ich stehe nicht auf diese langfristige Festlegungskiste.«

»Warum? Hast du gerade eine schlechte Beziehung durchgemacht?«

»Nein, ich habe ungefähr acht schlechte Beziehungen durchgemacht.«

»Acht?«

»Naja, meine Größe war das Problem. Wenn man ein Mädchen ist, das durchschnittliche Hobbys hat, wünscht man sich nichts mehr als zum Durchschnitt zu gehören. Man möchte hübsch sein, ein Bussi links und ein Bussi rechts aus seinem Freundeskreis erhalten und vor allem möchte man einen Freund, der größer ist, zu dem man hinaufschauen kann. Diese Rechnung geht nicht auf, wenn man ein Kopf größer ist als die anderen. Eigentlich war mein Wunsch nach jemand Größerem nicht das Problem, sondern das Problem war der Wunsch der Jungs nach jemand Kleinerem. Ich war der Überzeugung, dass kleine Typen mich asexuell finden.«

»Aha.«

»Mein letzter Freund meinte, er kommt sich wie ein wirklich geiler Typ vor, wenn er eine große Frau an seiner Seite hat und sie an der Hand halten darf. Aber irgendwann war ich dann doch zu groß für ihn, kam mir vor wie eine Trophäe.«

»Und was ist, wenn der Richtige kommt, dann wäre es doch was anderes oder?«

»Oh ja ... schrecklich gerne möchte ich mich mal wieder verlieben, so richtig rosarot verlieben mit allem, was dazugehört.«

Als sie aufblickte, entdeckte sie auf dem Gesicht von Santa den Anflug eines Lächelns, das überhaupt nicht dem strengen und unnachgiebigen Weihnachtsmann glich. Er schien zu lachen – nicht über sie, sondern mit ihr.

Es war ein rundum gelungener Abend mit angeregten Gesprächen, untermalt von

Kerzen, dessen Flammen sich in ihren blauen Augen spiegelten; garniert mit ruhigem roten Wein und einem feudalen Essen.

Erst gegen Mitternacht machten sie sich auf dem Heimweg. Als sie zum Fahrzeug gingen, legte er seinen Arm um sie und hüllte sie in seinem Mantel, sodass sie die Wärme seines Körpers spürte. Dann fuhr er sie nach Hause.

»Es hat Spaß gemacht«, sprach sie, als Santa sie noch zur Haustür brachte.

»Ja, das stimmt. Gute Nacht Elif.«

»Gute Nacht Santa.«

11. Santa und die geheime Multifunktions-Eventlocation

Santa träumte von Elif, von einer Elfe mit rot geschminktem Mund, vollen Lippen, die in leicht nach oben strebenden Mundwickeln mündeten. Einer ebenförmigen, nicht zu sehr geschwungenen Nase, hoch sitzenden Wangenknochen und von langen Wimpern, die klare blaue Augen umsäumten und die glühend strahlten, wie die Refraktion der Sonne am frühen Morgen.

Der Teint ist leicht gebräunt, die Haut makellos glatt und geschmeidig. Die Haare wehten leicht im Wind und brachten die Farbe von innen zum Leuchten. Der Blick, leicht verschleiert wie der Himmel im März.

Er sah sie in ihrem grünen hautengen Kleid, das verführerisch ein Dekolleté offenbarte und das ihn total wuschig machte. Selbst ihr Lächeln verzauberte Santa sogar im Schlaf.

Er träumte davon, wie er sie unter seinem Mantel ganz fest an sich drückte und er wusste, dass mit der Kraft mit der er sie hielt, es unmöglich war, ihm zu widerstehen. Wärme spürte er, eine angenehme Wärme, die von ihrem Körper ausging, als wenn sie vom Fieber erhitzt wurde.

Das Zimmer war voller Kerzen, die einladend und dem Antlitz schmeicheln sollten. Eine CD sorgte für einen stimmungsvollen Background. Dann hob er sie hoch und legte sie aufs Bett, und als sein heißer fordernder Mund Besitz von ihrem Mund ergriff, befand er sich einen Augenblick lang allein auf einen hohen windig peitschenden Gipfel, umhüllt von einem lodernden Feuerring.

Er genoss ihre Nähe, küsste sie intensiv und fing dabei an, sie vorsichtig auszuziehen.

Plötzlich wurde er wach und alles war vorüber, als sei alles schon vor langer, langer Zeit geschehen, als sei es nur eine verblassende Erinnerung. Er lag im Bett und kam sich klein, verlassen und allein vor.

Seine Augen schauten zur Seite, seine Hand streckte sich aus, um sich zu vergewissern, ob jemand neben ihm liegen würde, doch das Bett war kalt und leer.

Santa setzte sich aufrecht und überlegte. War es wirklich nur ein Traum? Ja es war nur ein Traum, leider. Es war eine psychische Aktivität während des Schlafes, ein lebhaftes mit Bildern begleitendes Ereignis, eine Reise in die Untiefen der Seele und deren Phobien.

Ein Monat ist seit dem vergangen und während dieser Zeit hatte er sich regelmäßig mit Elif verabredet und so sprach er eines Tages zu seinen engsten Vertrauten, zu seinem besten Freund, zu dem Wichtel der die peinlichste Biografie über sein Leben schreiben könnte, zum Office Commander Melvin, den er wie jeden Morgen zufällig in der Halle der Geschenkeherstellung traf:

»Eigentlich habe ich heute gar keine Lust auf Arbeiten.«

»Wieso?«

»Weil etwas Fantastisches passiert ist.«

»Und was ist so Fantastisches passiert?«

»Ich glaub …, ich glaub, ich hab mich verliebt.«

»Du hast dich was?«

»Na verschossen, vernarrt, verknallt, wenn du verstehst, was ich meine.«

»In wen …, etwa in mich?«

»Nein in eine Frau natürlich. Sie geht mir einfach nicht aus dem Kopf.«

Dabei deutete er mit dem Kopf auf Elif, die gerade aus einem der Produktionsräume herauskam, mit einem verführerischen Blick herüber sah und dann in den nächsten verschwand.

»Und warum flüstern wir?«, fragte Melvin.

»Weil es noch keiner zu wissen braucht.«

»Meinst du wirklich, dass es bisher keiner mitbekommen hat, wie ihr beiden Turteltäubchen euch benehmt? Das wussten alle schon vom ersten Tag an, da hast du noch gar nicht daran gedacht, überhaupt mal nach vorne zu schauen, mal an ein normales Leben zu denken.«

»An ein normales Leben?«

»Ja, eine Familie zu gründen. So wie ihr beide euch verhaltet, seid ihr, wie ein offenes Buch.«

»War das so auffällig?«

»Auffällig? Auffällig verliebt. Vielleicht solltest du Nägel mit Köpfen machen oder willst du noch fünfzig Jahre warten, bis ihr euch dann zufällig wiedertrefft, sie mit dem Rollator und du mit Infusionsständer.«

Santa wusste, dass Elif die Richtige war. Er war durch sie ein noch glücklicherer Mensch geworden und er war stolz solch eine Frau an seiner Seite zu haben. Heute will er seine Liebe gestehen, spektakulär und emotional. Doch als sie sich nach der Dämmerung trafen, hatte Elif den Abend bereits anders verplant.

»Ich habe heute Abend was mit dir vor«, sprach sie. »Was hältst du von Tanzen?«

»Tanzen?«

»Ja tanzen, eine Sportart, wo Muskelaufbau, Motorik, Koordination und Gleichgewichtssinn gefördert werden.«

»Wir mussten mal als Kinder hier beim Pädagogen-Wichtel in einer Laiengruppe bei einem bayrischen Bühnenstück mittanzen, als Schuhplattler«, bemerkte Santa worauf sie neckisch reagierte:

»Wen interessiert es, dass du als Teenie wie ein Auerhahn herumgehüpft bist, nur um mit deinem lächerlichen Balztanz auf dich aufmerksam zu machen.«

»Nicht Balztanz, Volkstanz. Das richtige Wort lautet Volkstanz.«

»Wie ein Auerhahn? Na gut, aber heute gehen wir richtig tanzen.«

»Wo?«

»Las dich überraschen.«

Sie gingen los, rüber zur Halle der Geschenkeherstellung. Im Kellergeschoss dieses Gebäudes wurde in Eigenregie ein Raum hergerichtet, der an Wochenenden als Veranstaltungsort für die Freizeitgestaltung und Feiern verschiedener Anlässe gedacht war. Ein Raum, den Santa bisher noch nicht kannte.

»Was ist das hier?«

»Das ist unsere Multifunktions-Eventlocation für Hochzeiten, Geburtstage, Jubiläen, Feiern und Feste, für Filmvorführungen, Modenschau, Shootings und vieles mehr.«

Es war ein heller Raum mit freundlichen Farben, die sich mit einem motivierenden Orange abgewechselten. Die klaren Formen und das Chic-Plus-Coolness gaben diesem Raum einen besonderen Reiz. An der einen Seite ein mobiler Tresen, der an unterschiedlichen Standorten platziert werden kann, um den Wunsch der Gäste maßzuschneidern.

Auf der anderen Seite die wichtigste Attraktion, eine Jukebox, die den ganzen Abend zum Tanzen aufforderte. Weiße plüschbezogene Sessel gaben dem entspannten Charakter ein elegantes Flair. Alles im allem spiegelten sich hier eine Bar aus den Fünfziger Jahren wider.

»Und was machen wir hier«, fragte Santa.

»Elfe Melissa und Wichtel Alwin feiern ihren "Dia de la Boda", ihren Hochzeitstag und wir …, wir feiern mit.«

»Hallo Elif«, rief einer der Wichtel, worauf sie ebenfalls mit Hallo antwortete.

»Hey Elif«, rief ein anderer.

»Dich hab ich hier ja schon lange nicht mehr gesehen«, meinte eine Elfe.

»Hallo Santa«, riefen plötzlich alle im Chor, als sie ihn neben Elif bemerkten.

»Oh verdammt«, flüsterte Santa zu Elif. »Was denken die sich jetzt nur, dass wir beide hier ...«

»Hä, hä, hä. Meinst du nicht, dass schon alle über uns Bescheid wissen.«

»Bist du dir da sicher?«

»Es sind schließlich Elfen und Wichtel, die im Weihnachtsgeschäft arbeiten, die überall unbemerkt und ungesehen auftauchen und wieder verschwinden, die Eltern und Kinder beobachten und Informationen sammeln, wer artig gewesen ist und Geschenke erhält. Meinst du nicht, dass die auch uns beobachtet haben?«

»Wirklich?«, erstaunte es Santa. »Melvin hatte auch schon so was erwähnt, dass angeblich alle über uns Bescheid wüssten.«

»Nun wie du weißt, kann man in Christmas Village nicht alles geheim halten und das es ein kleines Dorf ist, muss ich dir eigentlich nicht erst erzählen. Hier kennt jeder jeden und man ist nicht nur neugierig, sondern auch wissbegierig. Es herrscht keine Anonymität, was natürlich nicht immer von Vorteil ist.«

»Hm«, bemerkte Santa und ließ seine Augen durch die Gegend schweifen. Immer wieder schauten einige Wichtel und Elfen zu ihm rüber und tuschelten untereinander. Er fühlte sich mit den Augen verfolgt, nicht bedrohlich verfolgt, eher neugierig fragend verfolgt. Doch eigentlich wird man immer und überall von anderen beobachtet und selbst beobachtet man ja auch. Also warum sich Gedanken machen, wenn erwartungsvolle, abwesende Blicke einem treffen.

»Das ist ein toller Laden, nicht wahr? Wollen wir tanzen?«

»Ich bin gar kein guter Tänzer, ich weiß gar nicht wie ...«

»Ach komm schon«, unterbrach sie ihn. »Es ist viel einfacher als es aussieht.«

Sofort fing Elif an Santa anzutanzen und wer noch nie einen Fisch im Wasser hat tänzeln sehen, der möge Santa beobachten, wie er lässig und doch irgendwie auffällig herumzappelte, als wenn er mit seinem Tanzstil paarungswillige Weibchen anlocken wollte, als wenn er sich wie ein Mungo im

Todeskamp bewegte, nur nicht ganz so erotisch.

»So ist gut«, bemerkte Elif daraufhin, »spürst du es in deinen Beinen?«

»Ja …, die sind schon fast wie abgestorben.«

»Vielleicht kannst du dabei weniger auf meine Füße treten.«

»Das waren deine Füße? Da bist du aber selber schuld dran, muss sie eben schneller wegnehmen.«

Schnell hatte sich Santa als Tanzbegeisterter in diesem Eldorado entpuppt. Die Musik sorgte für eine fröhlich lockere Stimmung und die Bewegung verlieh ihm Kraft und Selbstbewusstsein. Nach geraumer Zeit sprach Elif:

»Du kannst dich schon ganz gut bewegen, aber in der Hüfte bist du noch ein bisschen steif.«

»Ich hatte zuvor noch nie getanzt, aber ich geh mal davon aus, dass du mir ein paar Trainingsstunden gibst.«

»Dann vergiss bitte eins nicht: Qualität kommt von Qual.«

Santa war sehr aufgeschlossen, lernte schnell, und als sie den Arm hochhob, wagte er eine Drehung unter durch. Fast meisterhaft gelang sie ihm und plötzlich erklang ein höllischer Applaus. Alle anwesenden Elfen und Wichtel standen um die Tanzfläche herum und hatten die beiden beim Tanzen beobachtet.

Die Musik verstummte. Santa taten inzwischen die Zehen und Fußgelenke weh. Mit einem Danke und einem Verneigen denen gegenüber, die ihm Applaus für seine Tanzeinlage spendete, verließ er mit Elif zusammen die Tanzfläche.

»Ich sag dir«, flüsterte ein Wichtel dem anderen zu, »ich sage dir, es endet damit, dass die beiden heiraten werden.«

»Ja ehrlich«, antwortete ein anderer, »nach so kurzer Zeit?«

Sie alle würden diese Entscheidung begrüßen, endlich mal auch eine Frau Santa Claus um sich zu haben.

12. Er beabsichtigte eine Gefangennahme im beiderseitigen Einvernehmen

Manche Leute können nur arbeiten, wenn es totenstill ist. Andere brauchen muntere Berieselung aus dem Radio, Dritte wiederum hektische Büro-Atmosphäre. Santa dagegen hat sich an das Hämmern, Bohren und Schleifen gewöhnt, dass er unruhig wird, wenn mal nichts zu hören ist.

So stand er mal wieder mit Melvin in der Halle der Geschenkeherstellung und ließ sich über die neueste Entwicklung unterrichten. Dabei wich er urplötzlich vom Thema ab und meinte:

»Ich hab mich entschlossen ...«

»Wozu hast du dich entschlossen?«

»Ich hab mich entschlossen ..., zusammen mit meinem ersten Offizier auf dem Schiff des Lebens ..., die Segel zu setzen.«

»Hä? Mit deinem ersten Offizier? Du meinst nicht etwa mich, oder?«

»Nein ..., ich meine mit der hübschen Brünetten da drüben.«

Es war wiedermal Elif, die gerade mit einem vollen Tablett durch die Halle der Geschenkeherstellung schweifte, geradezu förmlich schwebte, um die Wichtel und Elfen bei ihrer schweißtreibenden Arbeit mit Getränken zu versorgen.

»Ich will ihr einen Antrag machen«, fuhr Santa fort.

»Du willst ihr einen Antrag machen? Das … das ist ja unglaublich. Das …«

»Ich weiß nur nicht wie«, unterbrach er Melvin. »Ich hatte mal gehört, dass man russische Kampfjets mieten kann, die dann in den Himmel schreiben: Heirate mich. Oder das man einen mehrkarätigen Diamantring in eine Dose extrem seltenen Belugakaviar verstecken sollte.«

»Irgendwie finde ich das alles ein bisschen übertrieben. Man kann es auch etwas einfacher halten.«

»Und wie?«

»Einfach mal das Herz sprechen lassen, ihr mitteilen, wie viel du für sie fühlst.«

»Aha …, einfach mal das Herz sprechen lassen. Mhm …, dann werde ich wohl einfach mal das Herz sprechen lassen.«

»Weißt sie denn, was für ein toller Typ du bist? Und weißt sie auch, dass du dein Bestes geben willst, dass eure Liebe ein Leben lang hält?«

»Na klar ich denke schon das Sie es weiß, dass ich ein toller Typ bin und das ich mir Mühe geben würde, immer für sie da zu sein. Es ist nur … naja … wenn man erst mal verheiratet ist … und einen Sohn hat …, dann ändert sich einiges, weil sich dann alles auf den Kleinen konzentriert.«

»Natürlich. Kinder denken sich, hallo, darf ich auch ein bisschen Spaß haben.«

»Nein ich meine, es macht ja jetzt auch alles Spaß, weil man mit seiner Liebsten alleine ist. Aber es wird irgendwie anders werden. Man steht morgens auf, wechselt die Windel und macht dann dem Kleinen das Frühstück. Das ist dann der Spaß, den man hat.«

»Kannst du dir das grenzenlose Vertrauen, wenn dein Kind mit ausgestreckten Armen dir entgegenläuft, erst dann vorstellen, wenn du es erlebt hast? Oder willst du lieber darüber nachdenken, wie du es fertiggebracht hast, Jahrzehnte ohne eigene Kinder zu leben? Gut, du warst beschäftigt, fixiert auf deinen Job als Weihnachtsmann und auf die Wunschzettel aller Kinder auf der Welt, die dir schreiben und beschenkt werden wollen. Doch lag es nur daran?«

»Naja, vielleicht bin ich ein bisschen voreingenommen.«

Santa hatte sich vorgenommen, Elif einen Antrag zu machen und so hatte er sich am nächsten Tag mit Elif zu einer Ausfahrt mit einem Schneemobil verabredet, das speziell für nicht präparierte Schneepisten geeignet ist. Sie fuhren zu einer offenen Stelle des Polarmeeres und beobachteten, wie Eisbären sich unbemerkt an Robben heranschlichen, wie sie auf Beutefang ins Meer springen.

»Was meinst du?«, äußerte sich Santa. »Was meinst du, ob wir hierher unsere Hochzeitsreise verbringen sollten?«

»Lass die Scherze und fahr weiter.«

»Ich scherze nie mit so was. Gleich, als ich das erste Mal mit dir aus war, stand mein Entschluss fest, dass wir heiraten werden.«

»Warst du schon mal verliebt?«, fragte Elif.

»Nein verliebt war ich noch nicht. Naja vor vielen Jahren, da hat es mich mal erwischt als kleiner Junge.«

»Und wie ging es aus?«

»Ach das war nichts, nur so eine Liebe unter Kleinkindern. Heiraten in dem Alter geht zwar nicht, aber zumindest konnte man es im Sandkasten ja schon mal besprechen. Eine Übung für den erwachsenen Ernstfall.«

»Nur so ein Abenteuer?«

»Ja, aber dafür bin ich jetzt verliebt.«

»Ach wie schön, du bist verliebt? Das ist ja toll, das freut mich für dich. Und wie heißt sie denn?«

»Frag nicht so unschuldig. Du weißt genau, dass ich dich meine.«

»Natürlich das habe ich schon gemerkt. Es ist nur so, dass mich Liebeserklärungen verlegen machen. Die Letzte hat mir der Leiter des Customer Relationship Management, kurz vor unserem ersten Date gemacht. Da war ich ganz schön geplättet.«

»Nun aber mal ehrlich, ja oder nein? Liebst du mich? Wenn du Nein sagst, springe ich von dem Berg da. Ich warne dich.«

Santa deute dabei auf einen Hügel, auf eine kleinere sanft ansteigende Erhebung, auf einen mehr oder weniger landschaftlichen Buckel. Elif schaute rüber zu dieser nicht allzu großen Krümmung, zu dieser gerade mal mannshohen Bodenwelle und sprach etwas neckisch:

»Glaub ich nicht.«

»Du brauchst es nur zu sagen.«

»Du. Ich sag es wirklich.«

»Und ich tue es wirklich.«

»Nein«, sagte sie mit lächelnder Miene, als wenn sie es damit nur provozieren wollte.

»Nein? ... Ja dann ..., dann muss ich mich wohl springen.«

Er ging zu dem Hügel und bestieg den Gipfel mit nur wenigen Schritten. Dann drehte er sich um, winkte kurz und lies sich dann zu der ihr abgewandten Seite den Abhang herunter fallen.

»Santa«, rief Elif erschrocken, lief um den Hügel herum und sah Santa mit dem Gesicht nach unten im Schnee liegen. Sie rüttelte und schüttelte ihn, versuchte ihn in eine stabile Seitenlage zu legen, als er anfing zu grinsen und mit höhnender Stimme sprach:

»Eigentlich kommt an dieser Stelle immer eine Mund-zu-Mund-Beatmung als lebensrettende Sofortmaßnahme.«

»Du bist ja noch am Leben«, entgegnete sie ihm, worauf er rechtfertigend meinte:

»So halbwegs.«

Die lebensrettende Sofortmaßnahme blieb aus, so raffte er sich auf, schüttelte sich den Schnee von der Kutte und meinte dann:

»Und wenn ich dir vor versammelter Mannschaft einen Kuss gebe?«

»Dann hau ich dir vor versammelter Mannschaft eine runter.«

»Puh …, aber wenn wir erst mal verheiratet sind …«

»Wir beide Heiraten?«, unterbrach sie ihn.

»Wir wären das ideale Ehepaar. Sooft gibt es das nicht. Wir passen gut zusammen, oder findest du nicht? Also wenn wir erst mal verheiratet sind …«

»Ja? … wenn wir erst mal verheiratet sind, was dann?«, erkundigte sich Elif.

»Ja, also wenn wir erst einmal …, ach du willst wissen, wann wir heiraten. Na klar, du muss ja schließlich auch das Datum wissen, wann wir uns das Ja-Wort geben werden. Würde dir der Siebzehnte passen? Hinterher vier Flitterwochen, Hochzeitsreise nach Venedig, der Stadt mit den Gondeln, Kanälen, dem Essen, der Romantik und den am Wasser gelegenen Palazzi, Plätzen und Kirchen, mit einer Fahrt auf dem Canal Grande, das uns wie eine Reise durch ein Gemälde vorkommen wird.

Danach der absolute Klassiker für Verliebte. Paris, mit der berühmten Mauer Le mur des je t'aime, wo Liebeserklärungen in über dreihundert Sprachen verewigt wurden.

Weiter nach Wien, ein Besuch im Stephansdom, einen duftenden heißen Kaffee in einem traditionellen Kaffeehaus und eine Fahrt mit dem Riesenrad im Prater.

Anschließend Lissabon, den Torre de Belém, das Wahrzeichen der Stadt mit seinen vielen Türmchen und Fensterchen, ein romantischer Ort für Verliebte.

Einen Abstecher nach Budapest, wo man die Qual der Wahl hat und in rund hundertzwanzig heißen und einundzwanzig eindrucksvollen Traditionsbädern der Stadt eintauchen kann.

Dann hinauf nach Kopenhagen zur Brücke "Bryggebroen". Wer hier ein Schloss anbringt und den Schlüssel in den Fluss wirft, dessen Liebe wird ein Leben lang halten.

Zurück nach Italien, nach Mailand, die über eine der exklusivsten Einkaufsstraßen verfügt, alsdann Nizza. Sie besticht durch ihre relativ milden Temperaturen und zum Schluss nach Rom, wo man sich auf die Spuren des Heiligen Valentin, dem Schutzpatron der Liebenden begeben kann. Also?«

»Und wo wollen wir wohnen?«

»Nun bei mir natürlich. Ich mache vier Lagerhallen zu einem Durchbruch, dann haben ein Zimmer, äh …, ich meine, ich mache vier Durchbrüche zum Zimmer, dann haben wir eine Lagerhalle, quatsch …, ich meine einen Durchbruch zur Lagerhalle, dann haben wir vier Zimmer.«

»Was vier Zimmer?«

»Wieso? Reicht das nicht?«

»Du bist dir deiner Sache ziemlich sicher, was?«, bemerkte Elif. »Liebst du mich denn?«

»Sehr.«

»Wie sehr.«

»Bis in alle Ewigkeit.«

»Und ich dachte noch länger.«

»Na ich finde, das ist lange genug.«

»Okay. Lass uns jetzt nach Hause fahren.«

»Zu mir oder zu dir?«

»Idiot.«

Sie bestiegen das Schneemobil. Als Santa das Gefährt startete, legte sie beide Hände um seine Taille und presste ihren Körper so dich an ihm, dass nicht mal eine Hand dazwischen passte. Er spürte diesen engen Körperkontakt seiner kostbaren Fracht und genoss es, wie Fahrer und Beifahrer eine

Einheit bildeten. Vor ihrem Haus hielt er an und bemerkte:

»Es war ein wunderschöner Tag mit dir.«

»Ja finde ich auch«, antwortete sie.

»Und nun das Programm für morgen. Feierabend ist um fünf, anschließend gleich zu mir …? Oder lieber zu dir?«

»Wie wäre es jetzt mit einem Kaffee …? Bei mir?«

»Bei dir?«

»Mhm, bei mir!«

»Mother Christmas hat immer gesagt: Die wichtigste Grundregel ist nicht zu widersprechen, da jeder noch so gut gemeinte Ratschlag oder Hinweis als Beleidigung empfunden werden kann.«

Santa betrat daraufhin zum ersten Mal die Wohnung von Elif. Eine kleine Wohnung mit einem Wohnzimmer, einem Durchgangszimmer zum Schlafen, sowie Küche und Bad. Im Flur standen Kartons herum, teils geöffnet, teil verschlossen und auch im Wohnzimmer waren einige dieser Pappschachtel zu sehen.

»Wow, so gemütlich hier«, sprach er. »Bist du erst eingezogen.«

»Nein«, rief sie aus der Küche, »ich wohne schon ein paar Jahre hier.«

»Aha!«

Sie kam mit zwei Kaffeebechern aus der Küche und sah, wie Santa sich umschaute.

»Ach du meinst wegen der Kartons? Die muss ich noch entsorgen.«

»Das hat sicherlich noch Zeit, denn du wohnst ja erst ein paar Jahre hier«, bemerkte Santa etwas schmunzelnd.

Daraufhin gab sie ihm einen Becher mit den Worten:

»Hier dein Kaffee …, mit wenig Zucker …, aber viel Sahne.«

Für Santa beginnt der Tag morgens mit Kaffeetrinken. Dann folgt der Kaffee danach und der nach dem danach. Alsdann schnell noch einen Kaffee vor dem Mittagessen und einen danach, sowie zum Kaffeetrinken, dann noch einen vor dem Abendessen und natürlich noch einen nach dem Essen, sowie noch ein, zwei, drei vor dem Fernseher.

Genüsslich nippten sie an dieser Koffeinquelle, konsumierten ihn wie Schokolade oder Wein und nahmen dabei das Aroma dieses frisch aufgebrühten Kaffees mit der Nase auf.

Ja die Nase ist eines der lebenswichtigsten Organe überhaupt. Sie ermöglicht es, nicht nur die Aromen von Genussmitteln zu erschnuppern, sondern auch die kleinsten Unebenheiten in einem noch so raffiniert zubereiteten Keks zu erspüren. Sie erlaubt es sogar, gut und Böse voneinander zu unterscheiden, Recht und unrecht gegeneinander abzugrenzen sowie Wahrheit und Lüge zu erkennen.

Dicht beieinander saßen sie auf dem Sofa und Wärme durchflutete ihn wie ein Lavastrom, der sich den Weg durch das Tal bahnte.

»Was magst du an mir«, erkundigte sich Elif.

»Ich mag deinen Sinn für Humor.«

»Wirklich?«

»Mhm!«

»Ohne Einschränkung?«

»Bis in die nicht freie jugendliche Schmutzecke«, entgegnete Santa. »Außerdem weiß ich, dass du ganz heimlich ein großes Herz hast, vollgestopft mit Güte und Bescheidenheit. Ich weiß nicht … ich denke, dass du ein wirklich guter Mensch bist und ich mag es …, nein ich liebe es, mit dir Zeit zu verbringen.«

Elif errötete ein wenig. Es machte sie verlegen solche Worte zu hören. Leicht lächelnd schaute sie zu Boden und Santa fuhr weiter fort:

»Ich liebe dein Lächeln. Wenn ich morgens aufstehe, dann weiß ich nur noch zwanzig Minuten dann darf ich dein Lächeln wieder sehen, wenn du mir den Kaffee bringst und sagst: hier dein Kaffee …, mit wenig Zucker … aber viel Sahne. Und du? Was magst du an mir?«

»Was ich an dir mag? Nun du hast zwar deine Eigenschaften und ein paar ungewöhnliche Hobbys, aber du bist ein wundervoller Mann. Du tust alles für andere und nie erwartest du, dafür etwas zurückzubekommen. Ich meine, wenn jemand danke sagt, hörst du das überhaupt? Du bist lieb, süß, du bist der einzige Mensch, zudem man sofort vertrauen hat. Ich vertrau dir mehr, als jeden anderen. Du kennst meine ganzen Geheimnisse. Ferner liebe ich es, wenn du Geschichten erzählst, auch wenn sie manchmal etwas lang sind.«

»Lang?«

»Ja, aber immer unterhaltsam.«

»O-kay, ich werde mich in Zukunft bemühen, die Pointen etwas kürzer zu verfassen.«

»Ich könnte mir auch gut vorstellen, dich dreiundzwanzig Stunden um mich zu haben.«

»Und was ist mir der anderen Stunde?«

Tiefes Schweigen trat ein. Dabei schauten sie sich an und es dauerte nur einen kurzen Augenblick, als beide höllisch anfingen zu lachen.

Sie unterhielten und lachten noch sehr lange und dann …

Willenlos und doch entschlossen blieb er über Nacht und es machte ihn süchtig, ihre Hände zu spüren.

Wie ein Feuerwerk der Gefühle, das man nie beherrschen kann, aber dessen Faszination tief im Unterbewusstsein verankert ist, berührte sie seine Sinne und seine Seele und jagte ihm immer wieder Schauer über den Rücken. Intensive Emotionen spiegelten sich wider, die das funkelnde Farb- und Lichtspiel im Herzen auslösten und innerhalb weniger Augenblicke eine magische Atmosphäre schafften. Es zog ihn in den Bann und er besaß die Fähigkeit, bei gedämpftem Licht leuchtende Farben und lautstarke Stimulationen zu erkennen.

Rubinrote, smaragdgrüne, saphirblaue Kometen fielen vom Himmel, silberne

Glitzerranken explodierten in dieser Nacht, entzündeten Flammen der Leidenschaft. Ganz warm glitt sie an seinem Körper entlang und er sah in ihren Augen den Enthusiasmus und Idealismus, eine starke Liebeskraft.

Jede Berührung ein Funkenschlag, jede Bewegung ein explodierender Feuertopf und jede Erregung ein hoch sprühender Vulkanausbruch. Er spürte weder Zeit noch Raum, weder Vergangenheit noch Zukunft, es war wie ein Traum. Liebkosend neigte er sich zu ihr, ließ himmlische Geigen erklingen und genoss die Entspannung.

Erst am frühen Morgen verließ er die Wohnung von Elif und so wurde der Grundstein für eine gemeinsame Zukunft gelegt. Kurz darauf setzten sie ein deutliches Zeichen, ein Zeichen, dass ihre Gefühle eine Beziehung verbindet, dass auf ein solides Fundament gestellt werden soll.

Sie zogen zusammen und durch das Zusammenlegen zweier Hausstände gaben sie sich ein Versprechen in die Zukunft.

13. Dass vierzig-Wochen-Update begann

Schnell hatte Santa sich in den neuen Alltag eingelebt, seinen gewohnten Lebensraum aufgegeben und seine Räumlichkeiten geteilt.

Seine Macken: Hemd, Schlüpfer, Socken und Schuhe überall herumliegen zu lassen, was bereits seit der Steinzeit als Reviermarkierung anzusehen ist, sowie das nicht wieder Zudrehen der Zahnpasta Tube und das Offenlassen des Klodeckels ertrug Elif mit einem Lächeln.

Ebenso wenn er ein kaum beachtliches leichtes Hüsteln in der Brust verspürt, sich daraufhin ins Bett verkriecht, Schal um den Hals, Thermometer im Mund und mit dem Leiden der ganzen Welt im Gesicht spricht:

»Schatz, mir geht es ja sooooo schlecht ...«, würde jede beständige Frau antworten:

»Nun übertreib mal nicht so.«

Doch die schlaue Frau geht anders vor. Sie bemitleidet ihn aufrichtig, lobt ihn für seine Tapferkeit, bis er schließlich von selber bemerkt, dass er doch ein wenig übertrieb. Spätestens aber nach einer Runde eiskalter Wadenwickel ist dann Schluss mit der Show.

Ansonsten teilten sie sich alles Miteinander, was man nur teilen kann, und seine Verrücktheiten nahm sie hin, weil sie wusste, dass man bestimmte Dinge einfach hinnehmen muss.

Wochen vergehen und eines Tages sprach Elif.

»Ich muss mit dir über was reden.«

Santa saß am Schreibtisch und war gerade damit beschäftigt, sich das neue entworfene Spielzeug von dem Stoffguffel Juan anzusehen. Eine Puppe, dessen Gesichtsausdruck, dem eines Engels glich, mit einem sanften lächelnden Mund und heiteren dunklen Augen. Doch bei näherer Betrachtung fällt allerdings auf, dass das Gesicht sehr künstlich wirkt, dass die Augen Verachtung ausstrahlen und der Mund nur eine grinsende Maske darstellte. Santa legte die Puppe zu Seite und schaute über seine Brille zu Elif rüber, die am Türrahmen stand und sich daran festhielt.

»Über was denn, mein Schatz?«

»Über etwas Wichtiges.«

»Hm …, was ist denn so wichtig?«

»Es geht um etwas zwischen dir und mir. Und über noch jemanden.«

Elif mit ihren dunkelblonden Haaren schaute zu Santa, als ob sie ihn mit ihren blauen Augen auffressen wollte. Ein wilder Blick, der seinen Körper zum Prickeln brachte und innerlich sein Herz erwärmte. Sie war eine wunderschöne Frau, mit einer angenehmen weichen Stimme, einer ausstrahlenden Intelligenz, einer Menschlichkeit, Freundlichkeit und einer ausgelassenen Fröhlichkeit. Nur jetzt wirkte sie ein wenig betrübt.

»Mach dir keine Umstände.«

»Keine Umstände?«

»Ach so, schon klar. Ich soll glauben, du hast es vergessen.«

»Vergessen? Was denn?«

Santa hatte am nächsten Tag Geburtstag und er dachte an eine Überraschungsparty, eine Überraschungsparty die Elif für ihn in dieser Multifunktions-Eventlocation vorbereiten will, ihn aber glauben lässt, sie hätte es vergessen.

»Das ist fabelhaft sehr überzeugend. Wenn ich dich nicht so gut kennen würde, würde ich es fast glauben.«

»Was würdest du glauben?«, fragte Elif mit einem fragenden Gesichtsausdruck, der nicht nur Tausende von latenten Fragezeichen über ihren Kopf schweben ließ, sondern auch Skepsis zum Ausdruck brachte.

So gern Santa auch Wortgefechte austrägt, so fühlte er sich plötzlich verunsichert. Ist sie eine so gute Schauspielerin oder meinte sie etwa, doch was ganz anderes, dachte er sich und so sprach er mit zögernder Stimme:

»Na von das …, was du redest …, oder was meinst du?«

»Ich sprach von dir und mir und von noch jemanden.«

»Wieso kriegen wir Besuch?«

»Äh …, hm …, ja … könnte man auch so sagen. Du kannst schon mal deine Ohren spitzen, denn bald wirst du kleine Krabbelfüßchen hören, die über den Parkettboden tapsen.«

»Kinder kommen zu Besuch? Das ist aber schön.«

Elif zeigte auf ihr T-Shirt, ein weißes Shirt mit der Aufschrift: Little Santa und einen Pfeil Richtung Bauch. Santa hob seinen Kopf etwas an, um durch seine Brille die Abbildung auf dem T-Shirt zu erkennen.

»Schickes T-Shirt«, meinte er daraufhin. »Ist es neu?«

»So neu, wie eins und eins gleich drei ist.«

»Du meinst zwei.«

»Nein drei.«

»Quatsch, eins und eins ist schon immer zwei gewesen. Das ist ein einfaches Rechenverfahren, welches schon in den Grundschulen gelernt wird.«

Elif griff nach dem Saum ihres T-Shirts, an der umgenähten Stoffkante und fing an es langsam aufzurollen. Santa dachte an eine Verführung, an die Kunst des erotischen Entkleidens, an einen lupenreinen Striptease. Doch der Schein trübte. Je höher das T-Shirt aufgerollte wurde, je mehr Buchstaben wurden sichtbar. Unterhalb der Brust hörte sie auf und Santa fing an zu lesen:

»Jun - ge oder Mä - d - chen ... Junge oder Mädchen?«

»Deine Bestellung ist eingegangen. Allerdings ist das gewünschte Modell nicht sofort lieferbar, sondern voraussichtlich erst im Dezember.«

Santa wirkte ein wenig begriffsstutzig, hatte einen ungläubigen Blick, eine heruntergelassene Kinnlade und einen halb geöffneten Mund, der sich unsicher ist, ob er "hä?" sagen sollte oder lieber nichts. Schnell versuchte das hinter der Stirn ratternde Hirn den Hinweis zu verstehen, um nicht als borniert dazustehen. Doch immer noch Fehlanzeige. Dann fragte Elif:

»Glaubst du noch an den Klapperstorch?«

»Nein, wieso?«

»Na dann haben wir es richtig gemacht. Ich bin schwanger.«

Und dann endlich hat er es in seiner Tiefe gegriffen. Es ist, als wenn man an einem Automaten etwas kaufen will und dazu ein Münzstück hineinwirft. Erst wenn das Münzstück gefallen ist, kann man die Ware aus dem Automaten ziehen. Es dauert also ein bisschen, genauso wie es manchmal auch ein bisschen dauert, wenn eine Sache nicht ganz genau verstanden wird. Dann muss man warten, bis der Groschen gefallen ist. Bei manchen fällt er allerdings nur pfennigweise.

Santa konnte es fast gar nicht glauben, hätte vor Begeisterung an die Decke springen können. Seine überschwängliche Begeisterung drückte sich nicht nur in einem übermäßigen Fluss von Tränen aus, sondern auch in einen hochgestimmten Gemütszustand, einem inneren körperlichen Glücksgefühl.

»Oh …, oh …, oh … super«, strahlte Santa. »Wir haben es geschafft. Wir kriegen ein Baby.«

»Mal sehen«, antwortete Elif.

»Ja und morgen wird groß gefeiert. Ganz Christmas-Village soll dabei sein.«

»Ist es nicht ein bisschen früh zum Feiern?«

»Warum? So ein Ereignis hat man nicht alle Tage. Wir kriegen bald einen kleinen Sprössling. Meine kleine Hummel kriegt einen klitzekleinen Santa und das ist doch ein Grund zu feiern. Oder?«

Und warum sollte man nicht die Dinge, die die Schwangerschaft so wundervoll gemacht hat, mit anderen Leuten teilen, dachte sich Santa und rief sogleich alle Elfen und Wichteln zu einer Versammlung zusammen.

Hier erzählte er von seinem Glück, bald Vater zu sein. Von dem Naturgesetz in der Schwangerschaft rund zu werden und sich dabei wohlzufühlen; von dem Entdecken neuer Talente, wenn man Babyschuhe häkelt oder das Kinderbett aufbaut; von dem guten Gefühl ihr eine Pizza und zum Nachtisch eine doppelte Portion Schokoladeneis zu besorgen; von dem Erfühlen der ersten kleinen unkontrollierten

Fußtritte des Kindes im Bauch, das gegen das Zwerchfell trampelt und davon, wie er wohl aussehen wird. Selbstverständlich wird er die unwiderstehlichen Augen von ihr haben und vielleicht die Ohren von ihm.

Aus Santas Geburtstag wurde nun eine Schwangerschaftsparty gemacht. Einige kamen verkleidet mit Windeln und Strumpfhose, weißen Socken, Ballerinen, T-Shirt mit Tiermotiv sowie mit Lätzchen und Schnullern. Anderen kamen in gewaltigen Strampelanzügen an, mit übergroßen Stiefeln, die fast bis zu den Knien reichten und beim Gehen schlurfende Geräusche auf dem Boden verursachten.

Es war wie ein ausgelassenes Kostümfest, bei dem jeder mit zeitgemäßer Kleidung erschien, nämlich als Säugling. Der eine trug ein Supermannkostüm und statt dem roten Schlüpfer über der Hose, eine vollgestopfte Windel, die mit einer riesigen Sicherheitsnadel zusammengehalten wurde. Dazu eine überdimensionale Nuckel-Flasche, gefüllt mit Tee.

Andere kamen in hellblauen oder rosaroten Babyanzügen, einer passenden Rüschenhaube und teils mit einer großen gelben Plastikente in der Hand, einem Teddybären, sowohl einer Puppe, die sie an einem Arm hinter sich herzogen oder mit einer Wolldecke als Schnuffeltuch.

Das Bedürfnis noch die Zeit auszunutzen, bevor das Leben zum Familienleben wird und man sich mehr auf das Kind konzentriert, war da. Ein letztes Mal die ungezwungene Freiheit genießen, bevor die Babyparty erst einmal in eine Feier-Pause eingeläutet wird.

Die Zeit kam, wo die Hormone verrückt spielten, wo das Marmeladenbrot mit Senf und sauren Gurken veredelt wurde, wo es Nudeln nur mit Lachs gab, wo man das Käsebrötchen mit Rollmöpsen oder Sardellen überbackte und wo man Chips mit Vanillesoße aß.

Schnell war morgens der am Vorabend prall gefüllte Kühlschrank wie leer gefegt und der Ehemann wird dazu bewegt, die unmöglichsten Sachen zu besorgen wie zum Beispiel ein fassgroßes Glas mit in Essig eingelegten Gurken und ein Zweiliterbecher Schokoladeneis, wenn's geht mit Mayonnaise. So lernt das Baby über das Fruchtwasser gleich die Geschmackswelt kennen, in die es hineingeboren wird.

Elifs Freundin war zu Besuch und mit einem Kaffeebecher in der Hand, standen sie vor dem Fenster und blickten auf die schneebedeckte Landschaft hinaus.

»Ist das etwa Kaffee?«, fragte ihre Freundin, als sie in dem Becher ein nachtschwarzes teerähnliches Getränk sah. »Weißt du nicht, dass Kaffee das reinste Gift für den Kleinen ist?«

»Aber es macht mich munter. Oder soll ich lieber fünf Dosen Cola und acht Schokoriegel zu mir nehmen?«

Elifs Freundin drehte sich um und ging in den Flur hinaus. Zurück kam sie mit einem Korb in der Hand. Ein Weidengeflecht mit einem rot karierten Tuch abgedeckt, so ähnlich wie der eines Schlangenbeschwörers, dessen Schlange nach den Tönen seiner Pfeife tanzt oder war es eher der von Rotkäppchen?

»Ich hab von deiner Morgenübelkeit gehört und da hab dir hier etwas Gesundes zubereitet«, sprach sie.

Sie nahm eine Kanne aus ihrem Korb, sowie zwei Gläser, füllte eines mit einem blaugrünen schlammig schillernden Inhalt und reichte es Elif. Dann schenkte sie sich selber ein Glas ein, prostete und trank das halbe Glas in einem Zug leer.

»Was ist das«, fragte Elif.

»Da sind verfaulte Äpfel drin, Krebsaugen, gelb-grüner Schneckenschleim, Froschspucke und gemörserte Spinnenbeine.«

»Was?«, fragte Elif bestürzt und war nahebei sich zu übergeben.

»Quatsch Mäuschen, war nur ein Scherz. Das ist Weizengras, Fischöl und Joghurt … muss mal kosten …, schmeckt lecker.«

Elif kostete und nur um ihrer Freundin eine Freude zu bereiten, nahm sie sogar einen Mundvoll von diesem Kaltgetränk, der die Konsistenz einer fellartigen Pilzkultur aufwies und auf eine zügige Spülung hinwies.

»Das ist toll nicht? Das bringe ich dir jetzt jeden Morgen.«

Man erkennt seine Freunde sofort. Sie beweisen sich dadurch, dass sie füreinander da sind, dass sie sich Sorgen machen, sich um einen kümmern und zweifelhafte Getränke anbieten, wo man erst hinterher feststellt, dass man es vielleicht besser nicht getrunken hätte.

Eines Tages, als Elif vor dem Spiegel stand und sie sich seitlich anschaute, tauchten die ersten Figurprobleme auf. Die Taille verschwindet allmählich und der Bauch kennt nur noch das Wachstum nach vorne. Was für ein Brocken wird sie da wohl auf die Welt bringen, wenn der Umfang jetzt schon so groß ist.

»Der Bauch ist einfach zu dick«, schimpfte Elif mit sich. »Ich habe eine absolute Wampe, sehe aus, als wenn ich Drillinge kriege.«

Doch ein so praller Babybauch lud Santa immer zum Streicheln ein. Er nahm sie in den Arm, legte seine Hand weich auf den Bauch und sprach mit beruhigenden Worten:

»Für mich bist und bleibst du immer die schönste Frau auf dieser Welt.«

»Schmeichler«, antwortete Elif.

»Bald werden wir zu dritt sein. Du, ich und Little Santa. Ich bin der glücklichste Mensch auf der Welt.«

»Nein«, widersprach Elif. »Ich bin der glücklichste Mensch auf der Welt.«

»Nein …, ich!«

»Ich!«

»Mhm der Volksmund sagt: Die Frau hat das Sagen, nicht das Fragen«, gab er zu verstehen und küsste sie dabei auf die Stirn.

Während der Schwangerschaft klagen viele Betroffene über Figurprobleme. Schwangere sind also wirklich nicht zu beneiden. Aber wer schwanger ist, geht die Wege des Wandels und muss mit fundamentalen, körperlichen Veränderungen zurechtkommen.

Elif beschäftigte sich damit den anderen zuzusehen, wie sie Spielzeug herstellten. Sie verstand von Spielsachen so viel wie jeder, der hier arbeitete, denn sie war als Findelkind unter Elfen und Wichteln aufgewachsen.

Wie gerne hätte sie geholfen, aber sie dürfte nicht mehr arbeiten, nicht mal mehr Kaffee bringen. Anfangs hatte Santa es ihr noch erlaubt, aber als ihr Babybauch größer wurde, verbot er ihr das. Sie solle nicht mehr schwer arbeiten in ihrem Zustand, das wäre nicht gut für das Baby, meinte er. Dabei versuchte sie vergeblich zu erklären, dass es nicht schädlich sei, bis wenige Tage vor der Geburt bei kleinen Dingen behilflich zu sein. Doch Santa hörte nicht auf sie.

Seitdem schlenderte sie gelangweilt durch die Hallen der Geschenkeherstellung, und während sie jeden einzelnen arbeitenden über die Schulter schaute, kamen von allen Seiten Verbeugungen:

»Jetzt sieht man es richtig.«

»Na stolze Mutter.«

Oder auch nur ein:

»Hallo.«

Oder:

»Guten Morgen ihr beiden.«

Manchmal auch:

»Toll siehst du auch, so richtig glücklich.«

Freunde hingegen, die einen besser kennen, reagieren da noch etwas anders:

»Wow, plötzlich aufgegangen wie ein Hefekloß. Toll.«

Oder:

»Du siehst toll aus und so glücklich. Da kommt meine Kleiderspende im richtigen Moment. Ich wusste schon, warum ich die Umstandsklamotten nicht weggeschmissen habe. Jetzt hast du was davon. Probiere es doch mal am, damit ich sehen kann, ob noch was geändert werden muss. Umstandskleidung muss am Anfang immer ein Hauch zu groß sein, da wächst man schneller rein, als dir das lieb ist, Mäuschen.«

»Sag nicht immer Mäuschen zu mir.«

»Okay, Mäuschen.«

Im Laufe des Lebens, wo man als Großwüchsige unter kleineren Wesen lebt, bemerkt man irgendwann den Unterschied nicht mehr. Es wird zur Gewohnheit, zu einer Ungleichheit, die zu einer unbewussten automatisch ablaufenden Handlung führt. Auf das unterschiedliche Größenverhältnis, das man sich nicht geradeaus in die Augen schauen kann, muss man nun versuchen mit viel Feingefühl einzugehen, worauf meistens mit einem "Oh" geantwortet wird, was so viel heißt, wie "stimmt" oder "ist mir gar nicht aufgefallen".

Und während Elif weiter die Hallen der Geschenkeherstellung schlich, verhielten sich alle verhältnismäßig still. Selbst die Arbeitsgeräte wurden fast lautlos benutzt.

Äußerst vorsichtig und leicht fielen die Bahnen und Finnen der Hämmer auf die Köpfe der Stahlstifte, wobei sich die Wichtel bei jedem Aufsetzen seufzend die Luft durch ihre geschlossenen Zähne zogen, um damit noch das verbleibende Restgeräusch zu unterdrücken.

Selbst das Schleifen zur Glättung einer rauen Oberfläche, das sich normalerweise anhört, als wenn man mit einem Stück Kreise über die Oberfläche einer grün emaillierten Schultafel fährt, verstummte fast.

Schleifmaschinen wurden erst gar nicht in Gegenwart von Elif benutzt und auch der Amboss-Wichtel in der Schmiede ließ sein Eisen im Feuer der Esse ruhen und betätigte nur noch den Blasebalg.

Durch die fast lautlose Stille hörte man das sanfte Schlurfen von Elifs Füßen, wenn sie über den Betonfußboden der Halle ging.

Irgendwie hatte Santa mal erwähnt, dass eine zu hohe Geräuschkulisse die Psyche eines Kindes beeinträchtigen könnte. Ein derartiger Hinweis nahm sich jeder zu herzen und schon sah das Handwerkeln aus, als wenn eine pantomimische Kunst dargestellt wurde.

Zwischendurch ging sie immer wieder an der frischen Luft spazieren, denn das ist gut für sie und für das Baby.

Zu Hause besuchte sie regelmäßig eine Freundin und half ihr beim täglichen Haushalt. Eines Tages hatte Elif schmerzen und hielt die Hand unter ihrem Bauch, woraufhin ihre Freundin rief:

»Du hast Wehen. Ich ruf den Medic-Wichtel und seine Assistentin.«

»Nein warte«, sprach Elif entschlossen. »Es hat keine Eile. Ich fühle mich nur ein wenig schwach. Weiter nichts. Es sind keinesfalls die Wehen.«

»Trotzdem, auch wenn du nicht sicher bist, sollten wir den Medic-Wichtel holen.«

»Es ist doch noch viel zu früh.«

»Ja, aber wenn die Wehen eingesetzt haben, dann dauert es meistens nicht mehr lange. Wenn nicht, würde es nicht schaden, wenn du dich untersuchen lässt.«

»Na gut, dann lass sie kommen.«

Es war natürlich kein Grund zu Eile. Es war nur die Schwäche, ein Gefühl, das bald wieder verschwand, als hätte sie es nie gehabt oder waren es bereits Senkwehen, Vorwehen, Übungswehen oder Vorbereitungswehen?

14. Auch wenn man verheiratet ist, gibt es Tage, an den man alleine ist, so wie heute

Elif hatte inzwischen zwölf Kilo zugenommen und ihr Bauch wurde immer runder. Spazieren gehen, Treppen steigen oder leichte Lasten tragen fiel ihr zunehmend schwerer. Sie geriet immer schneller aus der Puste.

Immer wieder dachte sie an das Kinderzimmer und fragte sich, ob es schon fertig eingerichtet sei. Natürlich ist es fertig und das schon seit Wochen. Wichtel und Elfen als fleißige Helfer haben ihr das Renovieren abgenommen, das Zimmer bunt gestaltet und mit kindgerechten Möbeln eingerichtet. Hierbei hat auch Santa seine kreative Ader ausgelassen und neben ästhetischen Gesichtspunkten vor allen auf die wichtigsten Sicherheitsstandards geachtet.

Dabei wollte er zuerst wilde Tiere an die Wand malen lassen und das Zimmer mit passenden Möbeln, exotischen Pflanzen und Bettwäsche in Dschungeloptik dekorieren, um so den Urwald ins Zimmer holen. Die Idee stieß bei Elif allerdings auf Widerstand.

So sollte es dann einem Sommercamp ähneln mit einem Dreibein, indem eine Wiege eingehängt wird, die ein sanftes

Schwingen stimulieren sollte, einer Bärchen-Tapete an der Wand und einer aus Bauklötzen gebildete Feuerstelle. Auch das widerstrebte Elif.

Danach kam der Vorschlag eines Formel-Eins-Zimmers mit einem Rennwagenbett, also ein Bett in Form eines Ferraris. Einer mindestens vierspurigen Carrera-Rennbahn, die quer durchs ganze Zimmer verlaufen sollte mit Looping und Flyover, sowie einem Siegerpodest, der gleichzeitig als Stuhl-Tisch-Stuhl Kombination genutzt werden konnte.

Doch auch das fand keine besondere Zustimmung bei der zukünftigen Mutter.

»Hell und freundlich sollte der Raum wirken, mit ein bisschen Orange und Frühlingsgrün«, sprach sie. »Die Einrichtung hingegen sollte eher vom praktischen Nutzen sein. Wichtig waren zweifelsfrei ein Bett, ein Gitterbettchen und eine klassische Babywiege. Ebenso ein Wickeltisch oder besser noch eine Wickelkommode. Sie hat eine optimale Funktionalität, nämlich genügend Stauraum für Wickelutensilien und Strampelanzüge, ohne vorher quer durch die Wohnung laufen zu müssen.«

Das sah Santa ein und ließ durch den Schreiner-Wichtel ein höhenverstellbares Gitterbett zu Verhinderung des Ausbruchs oder auch des Erkundens herstellen. Dann eine mit einem Baldachin ausgestattete Babywiege mit einer Spieluhr zur Hypnose oder auch als Einschlafhilfe sowie eine Kommode mit einer mechanischen Öffnungsunterstützung und mit selbstschließenden Gleitschienen.

Zusätzlich ließ er ein Schlafsofa ins Kinderzimmer stellen. Das hatte den Vorteil, dass Elif sofort da war, wenn der Kleine nachts wach und gestillt werden musste. Man würde dadurch Santa in seiner nächtlichen Bettruhe nicht stören, denn schließlich muss er am Tage seinen Aufgaben nachgehen.

Für die Überwachung bei Abwesenheit der Eltern ließ er von dem Mechanic-Imp ein Babyphone anfertigen, dass gleichzeitig mit einem Geruchssensor ausgestattet war, der Alarm gibt, wenn die 5-Sterne Windel nicht mehr nach einer Bergblumenwiese duftete.

Spielsachen waren reichlich vorhanden. Stofftiere, Bauklötze, Mobiles, Schmusedecken, Spielbecher und natürlich viele, viele Legosteine zum Erproben der architektonischen Fähigkeit schmückten das Zimmer.

Der letzte Monat in einem normalen Haushaltskalender neigte sich dem Ende zu. Es war der Morgen des 24. Dezembers, auch

Heiligabend genannt. Ein besonderer Tag, auf den alle Kinder gewartet haben, weil Santa Claus in der Nacht mit seinem Schlitten unterwegs ist und großzügig Geschenke verteilt.

Ein stressiger Tag für Santa. Bisher pendelte er zwischen mehr oder weniger stressigem Leben, doch dieses Jahr stand er unter Strom. Morgen oder übermorgen wird sein Nachwuchs das Licht der Welt erblicken, so wurde es zumindest von dem Medic-Wichtel angenommen.

Santa dachte an all die Kinder, die dieses Jahr zum letzten Mal von einem kinderlosen Weihnachtsmann Geschenke bekommen werden. Nächstes Jahr wird sein Sohn schon fast ein Jahr alt sein und in einigen Jahren wird er so weit sein, ihn abzulösen.

Es schneite, ein kleines Schneegestöber entwickelte sich, ein gutes Zeichen unbemerkt durch die Lüfte zu ziehen.

Nervös lief er durch die Hallen der Geschenkeherstellung. Nur kurz im Augenwinkel sah er, wie alle damit beschäftigt waren, den Schlitten des Weihnachtsmannes zu beladen. Dann verließ er die Halle, stand plötzlich im rieselnden Schnee und dachte nach. Was wäre, wenn das Kind früher kommt? Wenn er sein Versprechen bei der Geburt dabei zu sein nicht einlösen könnte? Nach einer Weile zuckte er mit den Schultern und ging weiter. Schließlich warten die hypernervösen Kinder auf ihre Geschenke.

Im Stall kontrollierte er die Rentiere. Sie wurden von den Stallknecht-Wichteln gestriegelt, gebürstet und zum Anspannen vorbereitet. Dann noch schnell ein Blick in den Funkortungsraum. Ein Raum mit diversen Bildschirmen, wo man mit Hilfe von Satelliten und zirkularen Antennen das Wetter auf der ganzen Welt beobachten kann. Es war optimales Flugwetter.

Gerüchte zur Folge soll Santa Claus nur die Erfindung eines Limonadenherstellers sein, aber wer bringt dann den Kindern all die Geschenke? Die Eltern? Das ist doch lächerlich, so was schaffen die Eltern doch nicht in einer einzigen Nacht. Und fährt Santa einen beleuchteten roten Getränke Laster? Nein, er fliegt einen Schlitten, einen Santa-5000 mit spezieller Raketenantriebbatterie, Navi mit Sternkarten und einem eingebauten Astrolabium zur Anpeilung eines jeden Fixsterns, Geschwindigkeitskontrolle, Meilenanzeige, Höhenmesser, künstlichen Horizont, Ladedruckanzeige, Tourenzähler, Kufen-Einzelaufhängung mit Schraubenfedern vorne und hinten Starrachse mit voll elliptischen Blattfedern sowie mit einer elektrohydraulischen Servolenkung und einem dreifach hintereinandergeschalteten Bremskraftverstärker.

Manche glauben eben wirklich nur das was sie sehen wollen.

Santa schaute auf seine Uhr. Es war spät geworden, Zeit sich abflugbereit zu machen. In der Halle der Geschenkherstellung stand der Schlitten bereits vollgepackt. Augenblick wurden auch die Rentiere hereingebracht und vor dem Schlitten gespannt.

Elif stand etwas abseits und beobachtete Santa, wie er den Schlitten inspizierte.

»Sind die Bremsen im guten Zustand? Stimmt die Kufenstärke? Geht der Suchtscheinwerfer?«

»Alles tadellos«, antwortete George der Sledge-Repair-Wichtel.

»Im vergangenen Jahr waren die Kufen bis auf die Stahllegierungen herunter geschliffen.«

»Wurden komplett durch Titan Gleitelemente ausgetauscht.«

»Gut!«

Santa ging zu den Rentieren, streichelte sie und flüsterte ihnen einige Worte ins Ohr. Dabei ließ er den Glockenriemen am

Kammdeckel erklingen und der sanfte, ruhige, innige Ton der Schellen strömte durch die Halle. Rings um ihn wurde es still wie in einem See, indem sich Licht und Himmel widerspiegelten, alle hörten dem Klang des Glockenspiels zu, das langsam aushallte.

Dann ging er auf Elif zu, die eine Hand unter ihren Bauch hielt und mit der anderen Hand die Rundung ihres Bauches streichelte. Er nahm sie in die Arme, streichelte zärtlich über ihren Kopf und sprach:

»Ich werde mich bemühen, möglichst schnell zu sein.«

»Lass dir ruhig Zeit. Ich werde nicht alleine sein und Little Santa kommt erst, wenn du wieder da bist, das weiß ich.«

»Ich habe hier ein Walkie-Talkie für uns entwickeln und herstellen lassen. Damit können wir immer in Kontakt sein. Wenn Probleme auftauchen, komme ich sofort zurück.«

Sie Umarmten sich und es war eine Umarmung, die mehr sagt, als tausend Worte es überhaupt beschreiben konnten, die mehr gaben, als man es je denken würde. Dann der Kuss, der die Intimität und die innere Verbindung widerspiegelte, der so leidenschaftlich und hingebungsvoll war, der die ganze Welt um sich herum schwinden ließ. Worte wie Liebe, Vertrauen und Glück kommen nicht annähernd daran, was die beiden für sich empfanden. Jeder von ihnen spürte jeden einzelnen Atemzug seines Gegenübers.

Es war das erste Mal, seit sie miteinander verbunden sind, dass er sie alleine lassen musste.

»Ich habe ein schlechtes Gewissen, dich in deinem Zustand allein zu lassen.«

»Kannst du bitte damit aufhören. Du machst die ganze Weihnachtsstimmung kaputt.«

»Ja aber allein der Gedanke, dass du ohne mich einschläfst …«

»Denk an die Kinder«, unterbrach sie Santa, »die schließlich ungeduldig auf ihre Geschenke warten. Willst du sie enttäuschen?«

»Nein, natürlich nicht.«

Und so drückte er Elif noch mal ganz fest an sich und wandte sich dann von ihr ab. Aufbrausendes Gejubel, hochgerissene Arme, beschwingt in die Luft geworfene Zipfelmützen und jauchzende Fröhlichkeit verwandelten die Halle in eine Hexenküche. Es war wie auf einer Musikveranstaltung einer Rockband, eine Atmosphäre wie auf einem Open Air Konzert.

Mit dem Abflug des Schlittens, endete auch die Saison für dieses Jahr und laut der GdW, der Gewerkschaft der Elfen und Wichtel, besteht für jedem Elfen und jedem Wichtel das legitime Recht, jetzt einige Tage auszuspannen, mal nichts zu machen, den Herrgott einen guten Mann sein zu lassen, einfach mal zu urlauben.

Mit klatschenden High-Fives schritt Santa durch die Menge zu seinem Schlitten. Das Rolltor öffnete sich und kalter frostiger Wind ließ Schneeflocken in die Halle wehen. Santa löste die Schlittenbremse und lenkte den Schlitten aus der Halle in Richtung Startbahn 25/11.

Wie jedes Jahr standen auch dieses Jahr neben der Startbahn einige Wichtel mit Fackeln in der Hand als Befeuerung und als seitliche Begrenzung der Rollbahn. Dann ging es los. Santa lies die Zügel hochschnellen, in der Luft gegeneinander peitschen, und rief den Rentieren zu:

»Hey ho, gebt Gummi Jungs.«

Langsam erkämpft er sich den Weg nach vorne, wurde immer schneller und dann wie der Sprung von einer Matratze, wurde das Gespann hochgeschleudert und hinauf zum Himmelportal katapultiert.

Er arbeitete heute hastig und dachte dabei an seinen Nachwuchs, der bald kommen wird. Nachdem er bereits zwanzig Prozent der Weltbevölkerung abgearbeitet hatte, nickte er zufrieden. Er wird es heute schaffen rechtzeitig Feierabend zu machen und freute sich schon jetzt auf ein gemütliches Ausklingen der Nacht mit seiner Elif. Dabei holte er sein Walkie-Talkie aus der Tasche und rief:

»Hier ist Sierra, Alfa, November, Tango, Alfa …, Roger.«

»Wer ist da?«, antwortete Elif.

»San-ta …, Roger«

»Santa? Was nuschelst du da für ein Kauderwelsch vor dich hin?«

»Das ist das NATO-Alphabet …, Roger.«

Es folgte Stille für einige Sekunden, das Einhalten der Antwort, der den magischen Moment unter sich begrub. Und dann, Elif holte tief Luft und sprach:

»Okay Mr. NATO Alphabet, … Wünsche, Advent, Sterne, Geschenke, Ingwerplätzchen, braune Kuchen, Tannenbaum, Elisen, Sterne?«

»Hä?«, fragte Santa etwas perplex.

»Wünsche, Advent, Sterne, Geschenke, Ingwerplätzchen, braune Kuchen, Tannenbaum, Elisen, Stern?«

»Und was bedeutet das? ... Roger.«

»Das war das Weihnachtsalphabet und bedeutet: Was gibt es?«

»Ich wollte nur wissen, was du gerade machst? ... Roger.«

»Ich lästere gerade mit meiner Freundin über dich.«

»Oh dann schläfst du also noch nicht? ..., Roger.«

»Nicht solange es immer noch was zu tratschen gibt.«

»Du hast vergessen "Roger" zu sagen, Mrs. Weihnachtsalphabet ..., Roger.«

»Diese Unterhaltung ist Roger, sobald du mir sagst, was du willst.«

»Ich wollte dir nur sagen, dass ich frühzeitig da sein werde und wir dann noch ein wenig spazieren gehen können, wenn du nicht schon schläfst.«

»Soll das ein Date werden?«

»Kommst drauf an. Zum einen kann es der natürliche Paarungstrieb sein, zum anderen auch die Unlust, alleine sich die Füße vertreten zu wollen.«

»Und das in meinem Zustand?«

»Na und. Es gibt viele Frauen, die nur so aussehen, als wenn sie im achten Monat schwanger wären, ohne jemals vorher einen Mann überhaupt gesehen zu haben. Ich komme so schnell, wie ich kann. ... Roger, over and out.«

15. Babys sind wie Erwachsene, nur kleiner und hilfloser

Elif war damit beschäftigt, sich mit ihrer Freundin über den neuesten Tratsch aus der Belegschaft zu unterhalten.

Seit sie bei Santa wohnt, kriegt sie von allen dem nichts mehr mit. Nicht, dass Frauen neugierig sind, nein! Schon als Kind musste sie alles ausprobieren und testen und heute meint sie nur, dass die Neugier nur die Basis der Lernbereitschaft sei, der Wissensdrang neue Dinge zu erfahren, die Aufgeschlossenheit und das Interesse, etwas zu entdecken und nicht die bohrende Indiskretion, andere auszuhorchen.

Das ist ja an sich nichts Ungewöhnliches. Um eine Frau zu verstehen, bedarf es einiges an Können. Wenn eine Frau mit einem Lächeln auf den Lippen von einem *Nein* spricht, meint sie zunächst einmal vielleicht, was früher oder später *ja* bedeutet. Deshalb haben Männer wahrscheinlich solche Probleme richtig zu verstehen, was denn nun die weibliche Form von *Nein* wirklich bedeutet.

Dabei wäre es doch so einfach, wenn ein Ja, ein: *Ich mache mit* oder: *Ich stimme zu* und ein Nein das Gegenteil davon heißen würde. Außerdem würde doch auch ein Charmantes *vielleicht* oder *ich muss darüber nachdenken* als Retter in der Not zu Verfügung stehen.

Elif dachte an Santa und es bestürzte sie, dass sie diese Nacht wohl nicht einschlafen könnte, ohne von seinen starken liebevollen Armen gehalten zu werden. Anderseits in diesem Stadium der Schwangerschaft erfreute es sie bei dem Gedanken, das Bett für sich ganz alleine zu haben. Da sie davon ausginge, dass die Wehen diese Nacht noch nicht so heftig einsetzen würden, freute sie sich über ein Plauderstündchen mit ihrer Freundin.

Der Themenschwerpunkt ist diesmal nicht der Nachbar von nebenan, auch nicht der ach-so-schlechte Ehemann und schon gar nicht der Führungsstil von Staubsauger, Geschirrspüler & Co. Themenschwerpunkt ist diesmal die Schwangerschaftspolitik.

Während die Freundin in einer endlosen verbalen Kommunikation verfällt, hatte Elif Hummeln im Hintern. Alle paar Minuten stand sie auf, krallte sich in die Lehne eines Stuhles fest und machte einige Verrenkungsübungen, die einem asiatischen Yoga-Meister beeindrucken würden.

Dann zu vorgerückter Stunde setzten nun doch die Wehen ein und wie in einem Staccato in der Artikulation der Musik, wurden sie immer heftiger. Fassungslos saß sie da, war mit der Situation total überfordert und flüsterte nur noch:

»Ich glaube, es geht los.«

Sofort wurden der Medic-Wichtel und die Hevanna-Elfe gerufen. Die Freundin bewaffnete sich in weiser Voraussicht auf das Ereignis, mit Tüchern und einer Schüssel warmes Wasser.

»Aber heute ist Heiligabend«, jammerte Elif. »Das Baby kommt einen Tag zu früh. Das wird eine Frühgeburt.«

»Ein Tag ist nicht schlimm«, meinte die Hevanna-Elfe.

»Das geht aber doch nicht. Santa ist noch nicht zurück. Tu doch was!!!«

Doch ihr Einwand kam zu spät. Unvermittelt bekam sie plötzlich einen Wehen-Durchbruch. Die Fruchtblase schien kurz vor dem Platzen zu sein. Sofort wurde alles für die Geburt vorbereitet. Die Abstände der Wehen wurden immer kürzer und es schien, als wenn Little Santa endlich nach Hause wollte. Der Pädiater-Wichtel wird bei der Ankunft des neuen Erdenbürgers behilflich zu sein.

Elif wollte verrecken.

»Hilft alles nichts«, sprach der Medic-Wichtel. »Du bekommst gleich dein Kind.

Bleib einfach entspannt und ruhig, dann geht alles wie von selber.«

Elif war äußerst entspannt und ruhig und genau diese Ruhe war es, was sie jetzt brauchte. Die Fruchtblase wurde zum Platzen gebracht und in weniger als fünf Minuten schaffte Little Santa es, den Mutterleib zu verlassen. Es war ein kräftiger Junge mit einer ohrenbetäubenden Stimme. Doch ein freudiges Ereignis kommt selten allein.

»Oh mein Gott, sie bekommt noch ein Baby«, rief der Pädiater-Wichtel.

»Das werden aber eine Menge Windeln werden«, meinte die Havanna-Elfe daraufhin.

Und schon war ein weiteres Köpfchen im Ansatz zu sehen. Mit viel Zureden und Motivation nahm Elif nochmals alle Kräfte zusammen und presste, was das Zeug hielt.

Es war bereits 00:05 Uhr, der erste Weihnachtstag, als Elif ein weiteres Kind gebar, eine Tochter.

Die beiden glichen sich wie eine Rosenknospe der anderen am selben Zweig. Beide waren gesund, wohlgeformt und schrien energisch und das, obwohl der Junge so winzig war, dass man mit einer

Hand den Kopf umfassen konnte. Das Mädchen war sogar noch etwas zierlicher.

Elif hätte vor Freude Bäume ausreißen können, naja … vielleicht keine ausgewachsenen Tannen …, aber Setzlinge. Sie wurde doppelt belohnt, mit Zwillingen. Obwohl die Zeit der beiden Geburten gerade mal zehn Minuten auseinanderlagen, ist das eine Baby am Heiligabend auf die Welt gekommen und das andere Baby erst am darauffolgenden Tage.

Nun wird die komplizierte Zeit, in der man das Wunder des werdenden Lebens genoss und die damit verbundene körperliche Veränderung, den wundervollen stolz durch die Gegend getragenen Kugelbauch, mit einem kleinen Knirps – nein zwei kleinen Knirpsen – die auf natürlichem Wege das Licht der Welt erblicken, ein Ende finden.

Wer dachte schon an Zwillinge? Naja für die Mutter ist es eine wundervolle Vorstellung, zwei kleine Kinder zu haben, die ihr Leben von Anfang an teilen, sich immer als Verbündete haben und es ist sicherlich toll, sie gemeinsam aufwachsen zu sehen. Aber es erfordert eine vollständige andere Organisation des zukünftigen Lebens.

Vorsichtig legte die Hevanna-Elfe die beiden unglaublich kleinen Menschen in Elifs Arme. Die erste Berührung der beiden war unglaublich, die weiche Haut und die kleinen faltigen Händchen und Füßchen.

Zwischenzeitlich war es kurz vor Sonnenaufgang. Santa steuerte den Schlitten im Sinkflug gegen den Wind auf die Landebahn 17/19 zu. Wieder standen die Wichtel mit weißen Fackeln bereit, um den Weg und das Ende der Landebahn zu beleuchten.

Die Gesamtenergie während der Flugphase musste nun langsam abgebaut werden. Dazu ließ Santa die Trittbretter ausfahren, wodurch sich der Luftwiderstand erhöhte, die Geschwindigkeit verringerte und er langsam der Landebahn entgegen sinken konnte.

Nur noch wenige Meter bis zum Bodenkontakt. Der Wind ist ruhig, mit nur kleinen Brisen, der Himmel wolkenlos, aber von wässeriger blauer Farbe. Immer tiefer sank der Schlitten. Er ist noch zu schnell für ein kontrolliertes Aufsetzen des Gespanns. Es muss noch an Geschwindigkeit abgebaut werden und so zog Santa die bisher lang gelassenen Zügel ein wenig an, um die Rentiere von ihrem Galopp in den Trab zu führen. Ein Blick auf den Höhenmesser verriet ihm noch 80 Meter, dann sechzig, vierzig, zwanzig, zehn, fünf, zwei, ein.

Dann war es so weit, der Moment der Landung. Nur ein leichtes Kratzen der Kufen auf der vereisten, schneebedeckten Piste und der Schlitten setzte mit Landegeschwindigkeit auf. Wichtig ist hierbei, dass der Schlitten mit beiden Kufen gleichzeitig aufsetzt und in eine waagerechte Haltung verbleibt, sonst würde er umkippen oder sich überschlagen.

Santa zog die Schlittenbremse an. Gleichzeitig bremsten die Rentiere mit "heißen Sohlen", genauer gesagt, sie rissen ihre Beine, ihre Klauen nach vorne und drückten dabei die Hufe flach auf den Boden, um so die Geschwindigkeit weiter zu verlangsamen.

Rentiere verfügen über sehr breite und sehr elastische Hufe, die in einem steinigen oder schlammigen Gelände einen sicheren Tritt gewährleisten. Gleichzeitig spritzte der Schnee auseinander, ließ ihn exponentiell auftürmen und gegen die Windschutzscheibe des Schlittens knallen, der sich dank Fahrtwind und Scheibenwischer auf der ganzen Scheibe verteilte.

Ansonsten war es eine sanfte Ladung, alles war Okay. Jetzt muss nur noch der Schlitten zum völligen Stillstand kommen.

»Brrrrr, ho, ho, brrrrr«, waren seine kurz ausgestoßenen Worte, die von seinen geschulten Rentieren verstanden wurden und ohne zu zögern, mit äußerster Präzision in die Tat umgesetzt wurden. Danach liefen sie dann in einer ruhigen Schrittgangart. Sie atmeten etwas heftiger, geben ihre Wärme durch die Atmung ab, um nicht zu schwitzen.

Zwei Wichtel liefen auf die Rollbahn, griffen nach dem Backenstück der Trense und brachten die Rene zum endgültigen Stillstand.

»Das hätten wir geschafft«, sprach Santa zu den Renen. »Ihr ward wiedermal einfach toll. Alles lief Tipp-top.

Gebt den Tieren eine Extraportion frisches kräuterreiches Heu und ein paar saftige Rüben mehr«, ordnete Santa an, als er zu einem der Stallwichtel schaute, der sich immer noch am Backengurt eines Rentieres festhielt.

Dann stand Santa auf um den Schlitten zu verlassen, als plötzlich eine Schar von Wichteln erschien und in Jubel- und Beifallsstürme ausbrachen. Im Nu herrschte Volksfeststimmung. Einige sangen, andere tanzten und der Rest wedelte mit Fähnchen.

»Yeehaw«, schrien sie.

Mitten in der Menge, der fleißige Beifall klatschenden und jubelnden Wichteln und

Elfen, standen zwei dieser kleinwüchsigen Wesen und hielten ein ausgerolltes Transparent hoch, mit einer mit Herzen verzierten Aufschrift.

Die Alterssichtigkeit hat bereits bei Santa begonnen, die Armlänge reicht nicht mehr aus, um die Tageszeitung lesen zu können. So konnte er auch die Worte auf dem Transparent nicht recht entziffern.

Langsam ging er auf die Schar zu und blieb vor dem Transparent stehen. Er sah darauf Calimero, die italienische Zeichentrickfigur mit einer halben Eierschale auf dem Kopf und Priscilla, die Freundin von Calimero. Darunter der Text: Ab heute bestimmen wir, wie lange geschlafen wird.

Ein Streik dachte sich Santa. Ein Streik, eine Niederlegung der Arbeit mit dem man einen wirksamen Effekt erreichen wollte. Aber welchen? Eine bessere Verteilung der Arbeitszeit? Noch mehr Freizeit? Urlaub? Eigenen Schlitten? Sie arbeiten doch bereits in einem überzüchteten Qualitätsmanagement, haben nicht nur ein rustikales Kantinenessen, sondern auch eine raffiniert ausgeklügelte Gourmetküche und endlose Freizeitangebote, die sogar während der Arbeitszeit genutzt werden können.

Oder handelt es sich hierbei um einen Putsch, um ein Streben nach Macht und anschließender Machterhaltung? Vielleicht macht es ihnen auch nur einfach Spaß, jemanden unter Druck zu setzen? Schließlich sind sie für jeden Streich, Scherz, für jeden Klamauk zu haben.

Oder ist es tatsächlich die Unzufriedenheit, die zu einer Rebellion führt? Einmal zu zeigen, was sie leisten? Forderungen zu stellen. Früher waren schon diktatorische Machtergreifungen an der Tagesordnung und da war es völlig unwichtig, ob Otto der Dritte jetzt die Macht hatte oder bereits zufällig aus dem Fenster gefallen ist und Otto, der vierte auf dem angesägten Stuhl Platz genommen hatte.

Ist das christliche Fest nun gespalten, weil man der Meinung ist, dass Santa für den Job als Weihnachtsmann zu alt sei? Santa stand vor einem Chaos und fragte sich: wer wohl in Zukunft das Sagen haben wird.

Dabei schaute er in die jubelnde Menge, hob die Hand, worauf alle verstummten und erhob somit das Wort:

»Ich weiß, was ihr geleistet habt und ich weiß auch, was ihr immer noch leistet, wie treu ihr mir seid und welche Wertschätzung ihr mir entgegen bringt. Aber lasst uns nach Weihnachten über irgendwelche Veränderungen reden. Wie ihr wisst, wird

Allerwahrscheinlichkeit nach mein Sohn morgen das Licht der Welt erblicken und ihr könnt euch sicher vorstellen, wie nervös ich bin und das ich im Moment nur mit halbem Ohr zuhören würde. Bitte habt dafür Verständnis.«

Alle Elfen und Wichtel schauten sich gegenseitig an. Tausende von latenten Fragezeichen schwebten über deren Köpfe. Sie konnten den Gedankenzügen von Santa nicht ganz folgen.

Doch dann, beim genaueren hinsehen und beim genaueren nachdenken, fiel es ihm wie Schuppen von den Augen. Man könnte sich mit der flachen Hand auf die Stirn schlagen und sagen: Das ist es! In diesem Fall muss es wohl daran gelegen haben, dass alle Elfen und Wichtel mit dem Finger auf das Transparent zeigten.

Santa lief sofort zu Elif und stand wie erstarrt vor ihr. Sie trug kein Kind bei sich. Er studierte sie, wie ein gefrorener Höhlenmensch.

»Kennen wir uns von irgendwoher?«, fragte sie.

»Ähm …, wie bitte?«

»Ob wir uns irgendwoher kennen, hatte ich gefragt.«

»Äh …, ich bin es, dein Mann!«

»Mein Mann?«

»Ja, Santa dein Ehemann.«

»Du bist spät dran.«

»Ich hab mich beeilt, so schnell ich konnte.«

»Du bist bereits gestern Vater geworden und heute auch.«

»Wieso gestern und heute auch«, fragte Santa etwas irritiert.

»Naja, gestern kam Little Santa, gerade als du dabei warst, dich über den Teller mit den Plätzchen und dem Glas Milch herzumachen.«

»Wo … woher … woher weißt du davon?«

»Na ich sehe das doch. Die Krümel hängen dir noch im Bart und die Milch hat sich auf deiner Kutte verewigt.«

»Upps«, war die einsilbige Antwort, worauf Santa anfing, sich die Krümel aus dem Bart und die Milchreste von der Kutte zu streichen.

»Ja und fünf Minuten später, also heute, kam Santina.«

»Santina?«

»Ja Santina, deine Tochter! Oder welchen Namen soll sie kriegen?«

»Meine ...?

Santa kam nicht weiter, denn währendes brachte die Hevanna-Elfe Little Santa ans Bett.

»Sieh ihn dir an, das ist Little Santa. Er ist dir wie aus dem Gesicht geschnitten. Naja fast, die Gesichtsbehaarung und die Locken fehlen noch.«

Danach wurde Santina gebracht. Sie glich eher Elif, hatte genauso blaue Augen wie sie.

»Die ist ja nicht größer als ein Kätzchen«, bemerkte Santa.

Er nahm beide Babys in den Arm. Sein Herz pochte vor Aufregung, vor Glück, vor Freunde, alles vermischte sich jetzt miteinander. Er wusste, dass fortan sein Familienleben chaotisch, liebevoll, lustig, anstrengend und lebenswert sein wird, mit allen Herausforderungen, denen er sich stellen musste. Nachdem sein Herzschlag sich soweit beruhigt hatte, sprach er:

»Ihr beide werdet mein Norden sein. Solange wir zusammen sind, werde ich mich nicht verirren.«

Weitere Bücher des Autors, zu beziehen über www.bod.de oder über Buchhandel mit ISBN: 978-3-7386-5174-4

Es war die Neugier, die den Kater auf die Straße trieb, ein Schäferhund, der ihn in ein Kurierfahrzeug drängte und ein kostümierter Mops, der ihm von einem Mann erzählte, der jedes Jahr mit einem Schlitten reist, großzügig Geschenke verteilt und somit alle Adressen kennen müsste.